# Brevet pratique

# 3e

# FICHES Français



**Auteure**

Sylvie Coly

*Professeure de français au collège*

MAGNARD

**Édition :** Charlotte Cordonnier

**Conception graphique :** Yannick Le Bourg et Muriel Ouziane

**Mise en pages :** Nord Compo

**Crédits :** fiche 2 : Hervé Bazin, *Vipère au poing* © Grasset, 1958 ; Camara Laye, *L'Enfant noir* © Plon, 1953 – fiches 3 et 7 : Driss Chraïbi, *La Civilisation, ma Mère !...* © Éditions Denoël – fiche 4 : *Le Roman de Renart*, traduit par Élisabeth Charbonnier © Le Livre de Poche, 1987 ; dessin satirique de Mix & Remix © Mix & Remix – fiche 5 : Stromae, *Carmen*, album *Racine carrée*, Mercury, 2015 © Mosaert Label Sprl ; Martial, *Épigrammes*, trad. Yves Ouvrard, 2001 – fiche 6 : couverture de *Tout va bien !* de Mana Neyestani © Éditions çà et là/Arte éditions – fiche 8 : Louis Aragon, *Les Yeux d'Elsa* © Éditions Gallimard – fiche 9 : Francis Ponge, « La Valise » in *Pièces* © Éditions Gallimard – fiche 10 : Céline, *Voyage au bout de la nuit* © Éditions Gallimard – Paul Éluard, « Courage » (extrait), in *Au rendez-vous allemand* © 1945 by Les Éditions de Minuit ; Mary Shelley, *Frankenstein*, trad. Eugène Rocartel et Georges Cuvelier © Pocket – fiche 11 : Paul Éluard, « Liberté » (extrait), in *Au rendez-vous allemand* © 1945 by Les Éditions de Minuit ; Simone de Beauvoir, *Le Deuxième Sexe*, tome 1 © Éditions Gallimard – fiche 12, Claire Gratias, « Pourquoi je ne suis pas une autrice » © *Libération* – fiche 13 : Robert Badinter, discours contre la peine de mort devant l'Assemblée nationale, 1981 ; Claire Laudereau, « Trois raisons d'aller voir Samia : de Pékin à Lampedusa » © *Le Monde des ados* – fiche 14 : Jean-Claude Carrière, *La Controverse de Valladolid* © Actes Sud – fiche 16 : George Orwell, *1984*, trad. Amélie Audiberti © Éditions Gallimard – fiche 18 : Roland Dorgelès, *Les Croix de bois* © Albin Michel, 1919 ; Kathrine Kressmann Taylor, *Inconnu à cette adresse*, trad. Michèle Lévy-Bram © Éditions Autrement – fiche 19 : Jean Echenoz, *14* © Éditions de Minuit ; Céline, *Voyage au bout de la nuit* © Éditions Gallimard – fiche 21 : Camara Laye, *L'Enfant noir* © Plon – fiche 23 : Romain Gary, *La Promesse de l'aube* © Éditions Gallimard – fiche 25 : Véronique Massenot, *Lettre à une disparue* © Le Livre de Poche, 2007 – fiche 26 : Christian Lehmann, *No pasarán, le jeu* © L'École des loisirs – fiche 27 : Raymond Devos, « Sens dessus dessous » in *Sens dessus dessous* © Éditions Stock – fiche 31 : Eugène Ionesco, *Rhinocéros* © Éditions Gallimard – fiche 32 : Jean Molla, *Felicidad* © Éditions Gallimard Jeunesse ; JMG Le Clézio, *Lullaby* © Éditions Gallimard – fiche 34 : Georges Perec, *Quel petit vélo à guidon chromé au fond dans la cour* © Éditions Denoël ; Jacques Prévert, « Familiale », in *Paroles* © Éditions Gallimard – fiche 36 : Patrick Modiano, *Livret de famille* © Éditions Gallimard – fiche 37 : *Diane de Gabies* © Leemage/Bridgeman Images – fiche 38 : Jean Anouilh, *Antigone* © Éditions de La Table Ronde.


5, allée de la 2e DB - 75015 PARIS
www.magnard.fr

Achevé d'imprimer en France par Estimprim 25110 en novembre 2020
Dépôt légal : janvier 2021 ; N° éditeur : MAGSI20200586

IMPRIM'VERT

PEFC 10-31-1093

# Sommaire

## Se raconter, se représenter



## Dénoncer les travers de la société



## Visions poétiques du monde



## Agir dans la cité : individu et pouvoir



## Progrès et rêves scientifiques

## Notions d'analyse littéraire



## Langue : grammaire, vocabulaire, orthographe



## Réussir à l'oral

# Écriture de soi et autoportrait

1

## Les ingrédients

### L'AUTOBIOGRAPHIE

Rédiger son autobiographie, c'est écrire soi-même l'histoire de sa vie.

| auto | bio | graphie |
| --- | --- | --- |
| = | = | = |
| soi-même | vie | écriture |

### LE PACTE AUTOBIOGRAPHIQUE

Un autobiographe entreprend de raconter directement sa vie ou une partie de sa vie dans un esprit de sincérité. Selon l'universitaire spécialiste de l'écriture autobiographique Philippe Lejeune, l'auteur s'engage ainsi dans un « **pacte autobiographique** ».

> « C'est ici un livre de bonne foi, lecteur. […] Je veux qu'on m'y voie en ma façon simple, naturelle et ordinaire sans contention et artifice : car c'est moi que je peins. Mes défauts s'y liront au vif, et ma forme naïve, autant que la révérence publique me l'a permis. […] Ainsi, lecteur, je suis moi-même la matière de mon livre […]. »
>
> **Montaigne**, « Au lecteur », *Les Essais*, 1580.

### LE DÉFI DE L'INTROSPECTION

- L'autobiographe se livre à une **introspection**, c'est-à-dire à l'examen de ses propres sentiments.
- Les souvenirs (faits, événements, sentiments, émotions) sont **analysés** à la lumière du **présent de l'écrivain**.

- Le texte autobiographique est écrit à la **première personne** (« je ») : l'auteur, le narrateur et le personnage se confondent. Les dates et les noms de lieux sont **réels**.

Auteur = Narrateur = Personnage = « Je »

- Il s'agit d'un récit **rétrospectif**, c'est-à-dire évoquant des faits passés.
- Les motivations des autobiographes sont multiples : **chercher à comprendre** sa vie, **justifier** ses actes, ou **témoigner** et se libérer de souvenirs douloureux.

## La recette pour réussir

### SAVOIR FAIRE

**Comment repérer les différentes formes littéraires de l'autobiographie**

- Si les souvenirs sont consignés au jour le jour, il s'agit d'un **journal intime**.
- Si le récit témoigne d'une période de l'Histoire que la vie de l'écrivain reflète, il s'agit de **Mémoires**.
- Si l'œuvre possède des qualités autobiographiques, mais également une part de fiction, parce que la mémoire est imparfaite ou la vérité difficile à révéler, il s'agit d'un **roman autobiographique**.
- Enfin, lorsque la part de fiction dépasse celle de l'autobiographie, on parle d'**autofiction**.

### ASTUCES DU CHEF

- Avant de raconter par écrit un souvenir, lisez attentivement la consigne : il s'agira sans doute d'ajouter, au simple récit des faits, les sentiments et les émotions qui ont accompagné leur déroulement, ainsi que l'analyse de l'événement, à la lumière de votre présent. N'hésitez pas à évoquer par exemple la leçon que vous en avez tirée.
- Souvenez-vous des caractéristiques des différentes formes d'autobiographie.

### À VOS FOURNEAUX – EXERCICE COMMENTÉ BREVET

**Qu'est-ce qui permet d'affirmer que ce texte est une autobiographie ?**

J'étudiais un jour seul ma leçon dans la chambre contiguë à la cuisine. La servante avait mis sécher à la plaque les peignes de mademoiselle Lambercier. Quand elle revint les prendre, il s'en trouva un dont tout un côté de dents était brisé. À qui s'en prendre de ce dégât ? Personne autre que moi n'était entré dans la chambre. […] Il y a maintenant près de cinquante ans de cette aventure […] ; hé bien ! je déclare à la face du ciel que j'en étais innocent […].

Jean-Jacques Rousseau, *Les Confessions*, livre I, 1782.

→ **Se rappeler les caractéristiques du genre autobiographique.**
Rousseau est l'auteur, le narrateur et le personnage principal.
L'enfance est évoquée de manière rétrospective, comme le montre l'expression : « Il y a maintenant près de cinquante ans de cette aventure ».

→ **Utiliser le paratexte.**
Le titre, « Confessions », indique l'aveu d'un auteur à son lecteur.

→ **Rédiger la réponse à l'aide des éléments précédents.**
Dans ce texte, l'auteur est également le narrateur et le personnage principal : il s'exprime en employant le pronom personnel « je ». Il évoque son enfance de manière rétrospective, comme le montre l'expression : « Il y a maintenant près de cinquante ans de cette aventure. » En outre, le titre, « Confessions », indique l'aveu d'un auteur à son lecteur.

# Auteur, narrateur et points de vue

2

## Les ingrédients

### AUTEUR ET NARRATEUR

- L'auteur est une **personne réelle** dont on peut dresser une **biographie**, c'est-à-dire rassembler les informations relatives à sa vie, comme ses dates de naissance et de mort.
- Le narrateur est une **simple voix**, qui déroule le fil de l'intrigue (→ *voir fiche 19*).

**Exemple :** l'auteur du *Monde perdu* est sir Arthur Conan Doyle, un écrivain britannique né en 1859 ; le narrateur, en revanche, est un personnage, Edward Malone, un jeune journaliste.

### LE POINT DE VUE (OU FOCALISATION)

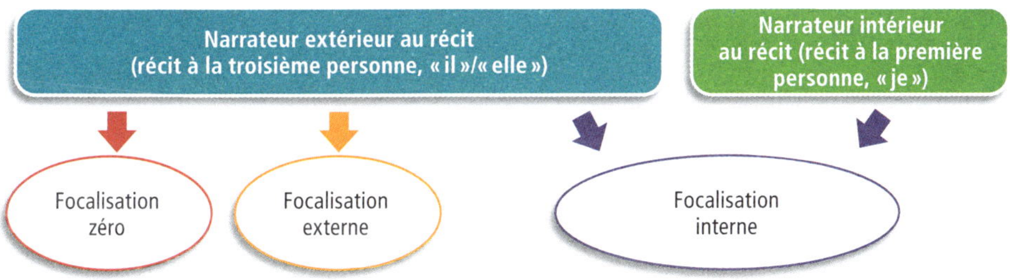


- Le point de vue correspond à la manière dont le narrateur présente les événements.
- Si le narrateur **connaît à l'avance** l'intrigue et les personnages, dont il juge éventuellement les actions, et s'il peut décrire des événements se déroulant **simultanément** dans des endroits différents, on parle d'un **narrateur et d'un point de vue omniscients.**
- Si le narrateur extérieur au récit se place en position d'**observateur impartial**, décrit les lieux et les personnages sans évoquer ni leurs pensées ni leurs sentiments : **son point de vue est externe.**
- Si le narrateur est un **personnage** du récit et que la perception de la scène est limitée à son regard : **le point de vue est interne**. Attention : dans un **récit à la troisième personne**, le narrateur peut adopter un point de vue interne et limiter les informations qu'il délivre à ce qu'un personnage sait, perçoit et pense.

- L'auteur est la **personne physique** qui a écrit le livre, et le narrateur **la voix qui raconte**.
- Le narrateur peut être **extérieur au récit** (les personnages sont désignés par la troisième personne, « il » ou « elle »), ou **intérieur au récit** (un personnage raconte l'histoire à la première personne, « je »).
- Le narrateur peut adopter trois **points de vue** différents : **interne, externe ou omniscient**.

## La recette pour réussir

### SAVOIR FAIRE

**Comment identifier le narrateur et le point de vue**

- Observer les **pronoms personnels** pour savoir si le narrateur est intérieur (il dit « je ») ou extérieur au récit.
- Être attentif aux **informations données sur les personnages** : lorsque le narrateur est omniscient, il fournit des informations abondantes et de toute nature (caractère, passé, liens familiaux, anecdotes, etc.).

### ASTUCE DU CHEF

Lorsque le point de vue est **interne**, on trouve souvent des **verbes de perception** (*entendre*, *observer*, etc.), de sentiments ou de jugement.

Ex. : « Plus Paul observait sa grand-mère, plus elle lui semblait fragile. »

### À VOS FOURNEAUX – EXERCICE COMMENTÉ BREVET

**Quel type de narrateur prend le récit en charge dans chacun de ces textes ?**

**Texte 1**

Cet homme était composé de deux sentiments très simples et relativement très bons, mais qu'il faisait presque mauvais à force de les exagérer, le respect de l'autorité, la haine de la rébellion ; et à ses yeux le vol, le meurtre, tous les crimes, n'étaient que des formes de la rébellion.

Victor Hugo, *Les Misérables*, 1862.

**Texte 2**

Je ne disais rien. Madame mère ne se donnait même pas la peine de m'observer à la dérobée, sachant très bien quelles réflexions pouvaient m'agiter. Déjà très mortifié par le peu de cas qu'elle semblait faire de ma complicité, je l'étais encore plus par l'opinion que Freddie n'allait pas manquer d'avoir de moi, si je ne me solidarisais pas immédiatement avec lui.

Hervé Bazin, *Vipère au poing*, 1948.

**Texte 3**

Ce cri rauque, nous l'attendions, nous n'attendions que lui, mais il nous surprend, il nous perce comme si nous ne l'attendions pas ; et nos cœurs se glacent. Et puis ce n'est pas un lion seulement, ce n'est pas Kondén Diara seulement qui rugit : c'est dix, c'est vingt, c'est trente lions peut-être qui, à sa suite, lancent leur terrible cri et cernent la clairière [...].

Camara Laye, *L'Enfant noir*, 1953.

→ **Se rappeler les caractéristiques qui différencient les deux types de narration, notamment les pronoms personnels employés.**

Dans le texte 1, le pronom personnel « il » indique un narrateur extérieur au récit. Dans le texte 2, le pronom personnel « je » indique un narrateur intérieur au récit. Dans le texte 3, le pronom personnel « nous » indique également un narrateur intérieur au récit.

# Exprimer ses sensations et ses sentiments

3

## Les ingrédients

### EXPRIMER SES SENSATIONS

● Les sensations sont souvent générées par les **cinq sens**. Comme la faim, le froid ou la fatigue, elles peuvent également prendre naissance dans les **mécanismes physiologiques**.

● Pour les exprimer avec précision, on utilise les verbes, les noms et les adjectifs liés aux perceptions (« entendre », « voir », « sentir », « toucher », « goûter »).

**Ouïe**

- **Verbes :** *écouter, ouïr, chanter, jouer du piano…*
- **Adjectifs :** *strident, sourd, fort, mélodieux…*
- **Noms :** *le son, le tintamarre, le bruissement…*

### DÉFINIR LES SENTIMENTS

● Les sentiments (l'amour, le bonheur, etc.) sont des **états affectifs plus ou moins durables**, qui procèdent du **ressentir**. Ce que l'on ressent provoque en nous une **émotion** particulière, souvent passagère, comme la joie, la colère ou la surprise.

● Le **lexique** doit être adapté et **nuancé**. La **ponctuation**, et notamment les phrases **exclamatives**, participent également à l'expression d'un état d'émotion particulier.

| surpris | peiné | en colère | amical | apeuré |
|---|---|---|---|---|
| émerveillé, étonné, stupéfait, abasourdi, déconcerté… | trise, affligé, malheureux, chagriné, désespéré, consterné… | enragé, furieux, furibond, forcené… | amoureux, épris, passionné… | inquiété, effrayé, effaré, épouvanté, terrifié… |
| | ≠ | ≠ | ≠ | |
| | joyeux, heureux, enchanté… | calme, serein, flegmatique… | indifférent, blasé, haï… | |

● Les **sensations** sont générées par le corps et les cinq sens. Les **sentiments** sont des états émotionnels durables et nuancés.

● **Exprimer ses sensations, ses émotions et ses sentiments** passe par le lexique, mais aussi par la ponctuation.

# La recette pour réussir

## SAVOIR FAIRE

**Comment exprimer sentiments et sensations lors de la rédaction**

- Utiliser un **vocabulaire précis et nuancé.**
- Employer des **phrases exclamatives** pour exprimer la joie ou la tristesse.
- Les **questions rhétoriques** permettront de montrer l'indignation ou le mépris : « Qu'avais-je à faire de sa pitié ? »
- Certains écrivains procèdent par **images littéraires.** Dans *La Civilisation, ma Mère !...*, Driss Chraïbi écrit par exemple que les yeux de sa mère sont « deux boules de tendresse noire ».

## ASTUCES DU CHEF

- Le dictionnaire des **synonymes** sera d'une grande aide pour préciser et nuancer le propos.
- Certaines **expressions** sont tout à fait parlantes pour exprimer une émotion, et montrent par la même occasion à quel point celle-ci peut se traduire corporellement : « rougir de honte », « trembler de peur ». N'hésitez pas à y avoir recours !

## À VOS FOURNEAUX – EXERCICE COMMENTÉ BREVET

**Quel sentiment Lamartine exprime-t-il dans cette strophe ? Justifiez votre réponse en analysant le lexique et les figures de style.**

Tristesse qui m'inonde,
Coule donc de mes yeux,
Coule comme cette onde
Où la terre féconde
Voit un présent des cieux !

Alphonse de Lamartine, extrait du poème « Tristesse »,
*Harmonies poétiques et religieuses*, 1830.

→ **Repérer le lexique évident.**

Le mot « Tristesse » qui ouvre la strophe montre clairement le sentiment de Lamartine.

→ **Analyser ensuite les figures de style.**

Le mot « tristesse » est sujet du verbe « coule » et forme une métaphore qui désigne les larmes.

→ **Organiser les termes de la réponse.**

Dans cette strophe, le poète exprime sa « tristesse », comme il le signifie clairement grâce à l'emploi de ce terme. Il utilise ensuite une métaphore pour évoquer ses larmes, désignées comme la « tristesse » qui « coule de [ses] yeux ».

# Les genres et les formes de la satire

4

## Les ingrédients

- Un texte satirique a pour objectif de **ridiculiser** son sujet à des fins **comiques**. La satire peut porter sur une époque, des idées ou un régime politique, une œuvre littéraire ou artistique, ou encore un personnage. La façon dont elle s'exprime dépend bien souvent de la **liberté d'expression** que lui laisse la société.

**La satire**

- **Définition** → La satire est une critique moqueuse d'un sujet (comportement, personnage, fait)
- **Objectifs** → Dénoncer les travers d'une situation ou de la société
- **Manière de procéder** → Recherche d'une complicité avec le lecteur, caricature

- La satire est souvent utilisée dans les **fabliaux** médiévaux, pour se moquer de la brutalité des seigneurs ou du manque de générosité des prêtres.
- Dans *Le Roman de Renart*, le lion, qui est roi, est chargé de rendre la justice et de protéger ses vassaux : le texte **parodie ainsi les scènes de cour**. Par exemple, lorsque le roi soupire : « aucune bête […] n'est assez hardie pour ne pas trembler […] », les auteurs précisent que « Couart le lièvre éprouva une telle peur qu'il en eut la fièvre pendant deux jours. »
- La satire occupe également une grande place dans la **presse** orale et écrite, à travers la caricature ou certaines chroniques télévisées ou radiophoniques visant les personnalités célèbres, les hommes politiques ou plus généralement certains comportements.

La satire est reconnaissable à son ton violent, voire même polémique. Elle conjugue la **dérision** (elle se moque de son sujet) et la **critique**.

## La recette pour réussir

### SAVOIR FAIRE

**Comment reconnaître la satire**

- Identifier l'utilisation des **procédés comiques** (caricature, hyperboles et formules ironiques).
- Repérer la relation de **complicité** que l'auteur, qui montre par ailleurs volontiers son indignation, cherche à nouer avec son lecteur.
- Observer le **vocabulaire**, souvent réaliste et caractérisé par des termes péjoratifs.

### ASTUCE DU CHEF

Pour déterminer le thème, repérez de quels **défauts** des hommes ou de la société l'auteur fait la satire en relevant les **champs lexicaux**. Demandez-vous quelle est la position de l'auteur vis-à-vis de ce thème.

### À VOS FOURNEAUX – EXERCICE COMMENTÉ BREVET

**Quelle satire le narrateur mène-t-il dans cet extrait ? Justifiez votre réponse.**

*À la fin du xix*e *siècle, Octave Mouret dirige le premier « grand magasin » parisien, nommé* Au Bonheur des Dames.

Sa création apportait une religion nouvelle, les églises que désertait peu à peu la foi chancelante étaient remplacées par son bazar, dans les âmes inoccupées désormais. La femme venait passer chez lui les heures vides, les heures frissonnantes et inquiètes qu'elle vivait jadis au fond des chapelles : dépense nécessaire de passion nerveuse, lutte renaissante d'un dieu contre le mari, culte sans cesse renouvelé du corps, avec l'au-delà divin de la beauté.

Émile Zola, *Au Bonheur des Dames*, 1883.

→ **Pour déterminer le sujet de la satire, il faut se demander quels individus et quel comportement font l'objet d'une moquerie.**
Le comportement des femmes, devenues des acheteuses passionnées et incontrôlables, est ici critiqué.

→ **Le vocabulaire de la satire, péjoratif et ironique, doit être relevé pour justifier la réponse.**
Le narrateur évoque la « passion nerveuse » de consommer qui habite les femmes et le « culte sans cesse renouvelé du corps » qui les pousse à se rendre au magasin.

→ **Rédiger la réponse.**
Le narrateur mène une satire ayant pour objet le comportement des femmes, devenues des acheteuses passionnées et incontrôlables. Il utilise ainsi un vocabulaire péjoratif, comparant le magasin à une nouvelle église qui comblerait leurs « âmes inoccupées désormais ». Il évoque ainsi la « passion nerveuse » de consommer qui les habite, et le « culte sans cesse renouvelé du corps » qui les pousse à se rendre au magasin.

# La satire, de Molière à nos jours

5

## Les ingrédients

- Plusieurs comédies de **Molière** dressent un portrait satirique des médecins. **Exemple :** dans *Le Médecin malgré lui*, Martine fait ainsi passer sans honte Sganarelle, son mari bûcheron, pour « le plus grand, le plus habile, le plus docte médecin qui soit dans la faculté végétale, sensitive et minérale » (acte I, scène 4).

- Au **XVIIIe siècle**, les philosophes des **Lumières** blâment la société dans laquelle ils évoluent. Dans les *Lettres persanes* (1721) de **Montesquieu**, Rica, un Persan en voyage à Paris, s'étonne de la vanité des gens qu'il rencontre : « Je vois de tous côtés des gens qui parlent sans cesse d'eux-mêmes ; leurs conversations sont un miroir qui présente toujours leur impertinente figure. » **Voltaire** se sert quant à lui du **conte philosophique**. Dans *Candide*, il dénonce ainsi l'esclavage dont l'Europe profite en donnant la parole à un esclave mutilé : « Quand nous travaillons aux sucreries et que la meule nous attrape le doigt, on nous coupe la main ; quand nous voulons nous enfuir, on nous coupe la jambe [...]. C'est à ce prix que vous mangez du sucre en Europe. »

- Au **XIXe siècle**, **Victor Hugo** publie *Les Châtiments* (1852), une violente satire contre « Napoléon le petit » (Napoléon III, qui a accédé au pouvoir par un coup d'État en 1851).

- La satire est aussi très présente dans la **chanson**. Ainsi, reprenant un thème fort de l'opéra de Bizet, *L'amour est un oiseau rebelle*, Stromae, dans sa chanson *Carmen*, se moque de la place que les nouvelles technologies occupent désormais dans la vie sentimentale de ses contemporains.

> « L'amour est comme l'oiseau de Twitter
> On est bleu de lui, seulement pour 48 h
> d'abord on s'affilie
> Ensuite on se follow
> On en devient fêlé
> Et on finit solo
> Prends garde à toi »
>
> **Stromae,** *Carmen*, album *Racine carrée*, 2015.

- La satire occupe également le **roman**. Au **XXe siècle**, dans *La Ferme des animaux* (1945), **George Orwell** tourne en dérision la révolution russe et le régime soviétique, et plus largement le totalitarisme sous toutes ses formes.

**Quelques exemples de textes satiriques**

| Théâtre | Poésie | Contes philosophiques | Romans |
|---|---|---|---|
| • Molière, *Le Médecin malgré lui*<br>• Marivaux, *L'Île des esclaves* | • Boileau, *Satires*<br>• Victor Hugo, *Les Châtiments* | • Voltaire, *Candide ou l'Optimisme*<br>• Voltaire, *Jeannot et Colin* | • Montesquieu, *Lettres persanes*<br>• George Orwell, *La Ferme des animaux* |

# La recette pour réussir

### SAVOIR FAIRE

**Comment parler de la satire**

- On nomme un portrait exagéré, écrit ou dessiné, une **caricature** ou un **portrait à charge**.
- On dira d'une satire particulièrement violente que c'est un **pamphlet** ou une **diatribe**.
- On appelle un petit poème satirique se terminant par un trait d'esprit (ou une pointe) un **épigramme**.

### ASTUCE DU CHEF

Soyez attentifs : certains sujets (la mode, les réseaux sociaux, les défauts moraux, le manque de liberté, l'aveuglement des puissants, etc.) sont les objets privilégiés de la satire.

## À VOS FOURNEAUX – EXERCICES COMMENTÉS BREVET

**1 De quelle façon Molière tourne-t-il son personnage en ridicule ? Sur quoi la satire porte-t-elle ?**

HARPAGON (*Il crie au voleur dès le jardin, et vient sans chapeau.*) – Au voleur ! Au voleur ! À l'assassin ! Au meurtrier ! Justice, juste ciel ! Je suis perdu, je suis assassiné, on m'a coupé la gorge, on m'a dérobé mon argent. Qui peut-ce être ? Qu'est-il devenu ? […] N'est-il point là ? N'est-il point ici ? Qui est-ce ? Arrête. Rends-moi mon argent, coquin… (*Il se prend lui-même le bras.*) Ah ! C'est moi.

Molière, *L'Avare*, acte IV, scène 7, 1668.

→ **Le ridicule provient des procédés comiques et notamment de l'exagération.**
Molière tourne son personnage en ridicule en utilisant des procédés d'exagération tels que des répétitions, des anaphores comme « Au voleur ! », des questions rhétoriques (« Qui peut-ce être ? ») et un vocabulaire outré : « assassin », « meurtrier », « je suis assassiné », « on m'a coupé la gorge ».

→ **La satire peut porter sur un comportement ; c'est le cas ici.**
La satire porte sur l'avarice du personnage.

**2 Où se trouve le trait d'esprit (ou la pointe) de l'épigramme ? À quel temps est-il rédigé ?**

**Sur Gellia**

Gellia a perdu son père, et ne le pleure pas quand elle est seule.
Voici quelqu'un : des larmes de commande jaillissent.
On ne pleure pas pour être admiré, Gellia ;
La vraie douleur, c'est la douleur sans témoin.

Martial, *Épigrammes*, I, 33, Ier siècle apr. J.-C.

→ **Repérer où l'idée principale est énoncée.**
Le trait ou la pointe de l'épigramme est le dernier vers. Il est rédigé au présent de vérité générale.

# L'implicite, l'ironie et les figures d'opposition

6

## Les ingrédients

### LES FIGURES DE STYLE D'OPPOSITION

- Les figures d'opposition soulignent les **contradictions**.
- L'**antithèse** rapproche **deux termes contraires** à l'intérieur d'une même phrase, soulignant un **contraste**.
**Exemple :** « Le gamin de Paris, c'est le nain de la géante » (Victor Hugo, *Les Misérables*).
- L'**oxymore** rapproche deux termes de **sens contraires** dans une même expression, provoquant une **image** surprenante.
**Exemple :** le « Soleil noir de la Mélancolie » (Gérard de Nerval, « El Desdichado »).
- Le **chiasme** est à la fois une figure d'**inversion grammaticale** et d'**opposition de termes**.
**Exemple :** « Ajoutez quelquefois et souvent effacez. » (Boileau, *L'Art poétique*)
Verbe Adverbiale Adverbe Verbe

### L'IMPLICITE

- Contrairement à une indication **explicite**, une information implicite n'est **pas clairement exprimée** : on la **devine** grâce à des **indices**. Si l'on dit : « Tu es en retard, tu ne verras pas le début du film », l'information délivrée est **explicite**. En revanche, dans la phrase : « Cours, sinon tu ne verras pas le début du film », l'information « tu es en retard » est implicite.
- L'implicite est parfois utilisé pour **faire réfléchir** le lecteur. Dans *L'Enfant* de Jules Vallès, le jeune narrateur décrit les sévices que lui fait endurer sa mère. Le lecteur comprend que l'auteur, implicitement, s'élève contre cette éducation traumatisante.

### L'IRONIE

- On utilise l'ironie pour **se moquer** d'une personne, d'une situation ou d'une idée. Un locuteur ironique dit une chose **en pensant le contraire**, et en parvenant à faire comprendre **implicitement** à ses lecteurs ce qu'il pense.
- Figure privilégiée de l'ironie, l'**antiphrase** consiste à **dire le contraire** de ce que l'on veut signifier, grâce une relation de **connivence** avec l'auditeur. Le professeur consterné s'écrie, lisant la copie d'un élève : « Ah ! c'est du bon travail ! » ; la classe comprend alors que le propos n'est **pas à prendre au sens littéral**. Il est ironique.

Les figures d'opposition, l'implicite et l'ironie sont très employés dans les textes satiriques.

## La recette pour réussir

### SAVOIR FAIRE

**Comment repérer les figures d'opposition**

- Être attentif au **sens** des mots.
- Observer la **syntaxe** de la phrase.

### ASTUCE DU CHEF

N'hésitez pas à relire plusieurs fois le texte : c'est la meilleure manière d'en percevoir les contenus implicites.

### À VOS FOURNEAUX – EXERCICE COMMENTÉ BREVET

**Comment l'ironie se déploie-t-elle sur la couverture du livre de Mana Neyestani ?**

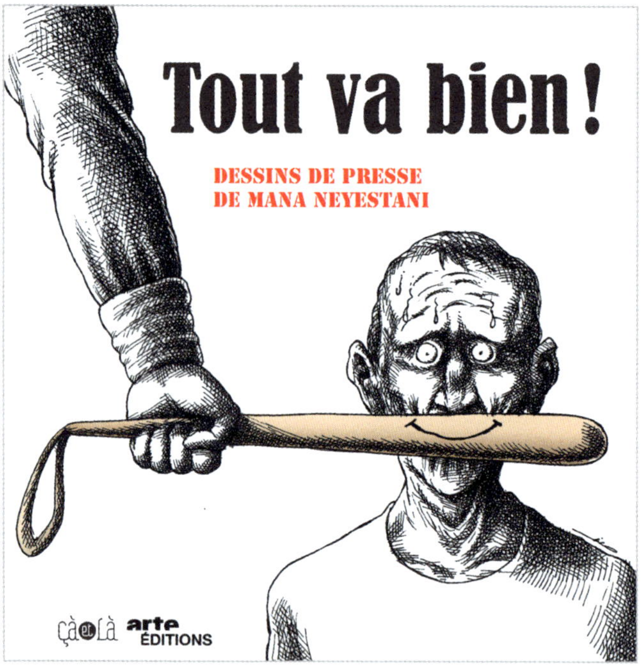


→ **Le procédé privilégié de l'ironie est l'antiphrase.**
L'ironie s'exprime dans le titre *Tout va bien !* qui est une antiphrase que l'illustration nous aide à comprendre.

→ **Analyser le texte, mais également les éléments de l'image.**
Le visage du personnage est complété par un sourire dessiné sur un gourdin, tenu par la main d'un personnage dont l'essentiel se situe hors du cadre de l'image : l'expression du visage du personnage est donc modifiée par ce sourire, « forcé » par la menace du gourdin.

# Décrire et dresser un portrait

7

## Les ingrédients

### LA DESCRIPTION

Réalisée selon un certain **point de vue**, la description est composée d'un **ensemble de termes** se rapportant à un même **thème**, qui constituent un **champ lexical**. Dans le texte ci-contre, les mots et les expressions « marcher », « voitures lentes », « le pas réglé » composent le champ lexical de la lenteur. Dans le cas d'une description satirique, comme ici, le lexique (« tomber en syncope », « j'enrage », etc.) **dévalorise** le comportement décrit, qui se révèle brutal.

« Tu ne le croirais pas peut-être : depuis un mois que je suis ici, je n'y ai encore vu marcher personne. Il n'y a pas de gens au monde qui tirent mieux partie de leur machine que les Français ; [...] les voitures lentes d'Asie, le pas réglé de nos chameaux, les feraient tomber en syncope. Pour moi, [...] j'enrage quelquefois comme un chrétien : car encore passe qu'on m'éclabousse depuis les pieds jusqu'à la tête ; mais je ne puis pardonner les coups de coude que je reçois régulièrement et périodiquement. »

**Montesquieu**, *Lettres persanes*, lettre XXIV, 1721.

### LE PORTRAIT

- Le **portrait physique** donne des informations sur l'**allure** du personnage, et le **portrait moral** détermine son **caractère.** Le portrait est en général organisé dans un **ordre précis** : de la silhouette au visage, ou bien de la tête aux pieds. En outre, il peut être statique ou en mouvement.

- L'auteur se focalise sur les traits importants pour l'intrigue, de manière à fournir des **indices** au lecteur.

**Exemple :** en décrivant Michel Strogoff comme un homme « haut de taille, vigoureux », aux « épaules larges », Jules Verne lui donne les qualités physiques du héros de roman d'aventures.

- Le **portrait satirique** met l'accent sur les aspects qui **dévalorisent** le personnage.

**Exemple :** dans *Les Caractères* (1688-1696), La Bruyère peint ainsi un égocentrique : « Gnathon ne vit que pour soi, et tous les hommes ensemble sont à son égard comme s'ils n'étaient point. Non content de remplir à une table la première place, il occupe lui seul celle de deux autres. »

Un **champ lexical** est un ensemble de termes se rapportant à un même thème. Le lexique utilisé dans une description doit être précis et tisser un champ lexical cohérent.

# La recette pour réussir

## SAVOIR FAIRE

**Comment écrire un portrait satirique**

- Se focaliser sur les **défauts** du personnage.
- Utiliser des **figures de style** permettant la caricature.

## ASTUCE DU CHEF

Constituez une banque de vocabulaire thématique (la campagne, la maison, les éléments du visage, les caractéristiques morales, etc.) et révisez-la avant la rédaction.

**Quelques mots pour faire le portrait d'un personnage**

| Caractéristiques morales | Caractéristiques physiques | Le portrait satirique |
|---|---|---|
| *Triste, intelligent, lâche, taiseux, populaire…* | *Grand, nez camus, l'air hagard, vêtu d'un costume sombre…* | Exagération des défauts physiques (*massif, rougeaud…*) et des défauts moraux (*égoïste, lâche, rancunier*) jusqu'à la caricature |

## À VOS FOURNEAUX – EXERCICES COMMENTÉS BREVET

**1 Quels éléments appartiennent au portrait moral du personnage ? Pour chacun, donnez une expression synonyme.**

Il adorait sa mère. Jamais il ne s'est marié. Un mètre quatre-vingts centimètres à douze ans. Deux mètres dix à l'âge adulte. La force et la joie de manger et de rire, de se lever et de se coucher avec le soleil.

Driss Chraïbi, *La Civilisation, ma Mère !…*, 1972.

→ **Le portrait moral évoque les traits de caractère.**
On pourra relever : « il adorait sa mère », « la force de manger et de rire, de se lever et de se coucher avec le soleil ». C'est ainsi un garçon aimant, bon vivant et respectant le rythme de la nature.

**2 La description suivante est-elle méliorative ou péjorative ?**

[…] une étoffe criante, qui a des reflets de tigre au soleil ; une étoffe comme une lime, qui exaspère les doigts quand on la touche, et qui flambe au grand air comme une casserole.

Jules Vallès, *L'Enfant*, 1878.

→ **Analyser le vocabulaire employé.**
La description est péjorative, car les mots et expressions employées pour décrire l'étoffe (« criante », « comme une lime », « qui exaspère les doigts ») ont une connotation négative.

# La poésie lyrique, du romantisme à nos jours

8

## Les ingrédients

### QU'EST-CE QUE LE LYRISME ?

Dans l'Antiquité, le lyrisme caractérisait toutes les formes de **poésies chantées**. **Aujourd'hui**, on définit le lyrisme comme **l'expression des sentiments personnels.**

### LE LYRISME DANS LA POÉSIE ROMANTIQUE

- Au XIX^e siècle, le lyrisme est le registre privilégié des **romantiques**. **Exemple :** Alphonse de Lamartine trouve ainsi refuge dans la nature pour composer un poème intitulé « Le Lac », en l'honneur d'Elvire, son amour de jeunesse (voir l'extrait ci-contre).

- **Paul Verlaine** (1844-1896) fait naître un lyrisme porté en grande partie par le rythme et la musique du vers, comme le montre l'extrait du poème « Il pleure dans mon cœur » ci-contre.

> « Ô lac ! l'année à peine a fini sa carrière,
> Et près des flots chéris qu'elle devait revoir,
> Regarde ! je viens seul m'asseoir sur cette
> [pierre
> Où tu la vis s'asseoir ! »
>
> **Alphonse de Lamartine**, « Le Lac », *Méditations poétiques*, 1821.

> « Il pleure dans mon cœur
> Comme il pleut sur la ville ;
> Quelle est cette langueur
> Qui pénètre mon cœur ? »
>
> **Paul Verlaine**, « Il pleure dans mon cœur », *Romances sans paroles*, 1874.

- Au XX^e siècle, les **surréalistes** cultivent quant à eux le lyrisme amoureux en formant des images surprenantes.

> « Tes yeux sont si profonds qu'en me penchant pour boire
> J'ai vu tous les soleils y venir se mirer »
>
> **Louis Aragon**, *Les Yeux d'Elsa*, 1942.

Très présent dans la poésie, le lyrisme se définit comme **l'expression des sentiments personnels et des émotions**, tristes ou gaies.

# La recette pour réussir

## SAVOIR FAIRE

### Comment savoir si un texte est lyrique

Il faut vérifier que l'auteur s'exprime à la **première personne** et met en valeur ce qu'il ressent, à travers un **lexique** dédié aux sentiments et aux émotions, mais aussi en utilisant des phrases exclamatives et interrogatives traduisant les élans de son cœur.

## ASTUCE DU CHEF

Bien souvent, les poèmes lyriques évoquent les thèmes de l'amour, du temps qui passe et de la beauté de la nature.

## À VOS FOURNEAUX – EXERCICE COMMENTÉ BREVET

**Quels éléments lyriques relevez-vous dans cet extrait ?**

Mon enfant, ma sœur,
Songe à la douceur
D'aller là-bas vivre ensemble !
Aimer à loisir,
Aimer et mourir
Au pays qui te ressemble !

Baudelaire, « L'Invitation au voyage »,
*Les Fleurs du mal,* 1857.

→ **Vérifier d'abord la présence de la première personne.**
Le poète s'exprime à la première personne, comme le montrent les déterminants « mon » et « ma ».

→ **De quelle manière le poète exprime-t-il ses sentiments ?**
Le poète évoque la « douceur » et l'amour : le verbe « aimer » est répété deux fois. Il y a en outre plusieurs phrases exclamatives, qui montrent son enthousiasme.

→ **Prendre en compte les thèmes développés.**
Les thèmes développés sont des thèmes chers au lyrisme : l'amour, le rêve, le voyage et la mort (« aimer et mourir »).

→ **Rédiger la réponse.**
Plusieurs éléments montrent que ce poème est lyrique. Tout d'abord, le poète s'exprime à la première personne, comme le montrent les déterminants « mon » et « ma » dans le premier vers. Il évoque un rêve dont les caractéristiques sont la « douceur » et l'amour : le verbe « aimer » est répété deux fois. En outre, les thèmes développés, l'amour, le rêve, le voyage et la mort (« aimer et mourir »), sont chers au lyrisme. Enfin, il y a plusieurs phrases exclamatives montrant l'enthousiasme du poète.

# Le vocabulaire de la poésie

9

## Les ingrédients

- Tous les sujets peuvent faire l'objet d'un poème. L'amour reste cependant l'un des thèmes les plus traités.
- De nombreux poèmes sont écrits en une succession de vers qui riment et comportent un **nombre de syllabes identique (la mesure)**.
- Cependant, les poètes modernes ont popularisé le **vers libre**, dont la mesure n'est pas fixe. Certains poètes ont même écrit des œuvres en **prose**.

> « Ma valise m'accompagne au massif de la Vanoise, et déjà ses nickels brillent et son cuir épais embaume. Je l'empaume, je lui flatte le dos, l'encolure et le plat. »
>
> **Francis Ponge**, « La Valise », *Pièces*, 1962.

- Le nom des vers change en fonction du nombre de **syllabes** qui le composent. La **strophe** est un ensemble de vers formant une unité syntaxique et thématique.

**Nom des strophes en fonction du nombre de vers**

| 1 | 2 | 3 | 4 | 5 | 6 |
|---|---|---|---|---|---|
| monostique ou monostiche | distique | tercet | quatrain | quintil | sizain |

- Pour connaître le nombre de **syllabes** d'un vers, il faut les compter en respectant certaines indications. Ainsi, le **-e en fin de mot** se prononce à l'intérieur du vers lorsque le mot suivant commence par une consonne.
**Exemple :** on comptera ainsi le -e dans le vers d'Hugo « J'aim**e** l'araignée et j'aim**e** l'ortie ».

> « J'aime l'araignée et j'aime l'ortie
> Parce qu'on les hait ;
> Et que rien n'exauce et que tout châtie
> Leur morne souhait »
>
> **Victor Hugo**, *Les Contemplations*, 1845-1856.

- Certains vers comportent une **diérèse** : on doit alors prononcer séparément deux sons habituellement confondus. On dira par exemple « mi-el » au lieu de « miel ».

> - La poésie peut être écrite **en vers ou en prose**.
> - Dans les poèmes versifiés, lorsque l'on compte les syllabes, il faut avoir à l'esprit la règle du -e muet et de la diérèse.

# La recette pour réussir

## SAVOIR FAIRE

### Comment distinguer les rimes plates, embrassées, alternées

La succession des vers offre trois combinaisons de rimes :

- les rimes **plates ou suivies** (schéma AABB) ;
- les rimes **embrassées** (schéma ABBA) ;
- les rimes **alternées** (schéma ABAB), comme dans le poème de Victor Hugo page 21.

### Comment distinguer les rimes riches, suffisantes, pauvres

- Si un seul son rime avec la fin d'un autre vers (« **hait** »/« sou**hait** »), la rime est **pauvre.**
- Si deux sons riment avec la fin d'un autre vers, la rime est **suffisante**
- Si trois sons ou plus riment avec la fin d'un autre vers, la rime est **riche.**

## ASTUCE DU CHEF

Certains poèmes ont des **formes fixes**, c'est-à-dire qui comportent toujours les mêmes caractéristiques. Ainsi, un poème de quatorze vers répartis en deux quatrains et deux tercets consécutifs se nomme un **sonnet**.

## À VOS FOURNEAUX – EXERCICE COMMENTÉ BREVET

Une aube affaiblie
Verse par les champs
La mélancolie
Des soleils couchants.

Paul Verlaine, « Soleils couchants »,
*Poèmes saturniens,* 1866.

### Quel(s) type(s) de vers entre(nt) dans la composition de ce poème ?

→ **Les mots du premier vers présentent des -e finaux : il faut donc se rappeler de la règle pour savoir s'ils comptent ou non dans la mesure du vers.**
Les -e finaux sont suivis d'un mot commençant par une voyelle. De ce fait, ils sont muets. Le vers comporte cinq syllabes.

→ **Observer ensuite si les autres vers ont le même nombre de syllabes ou non.**
Les autres vers sont également des vers de cinq syllabes. Le poème est donc construit en vers réguliers. Verlaine utilise le pentasyllabe.

### Quel est le schéma de rimes choisi par le poète ? Les rimes sont-elles riches ou suffisantes ?

→ **Repérer à quelle combinaison de rimes on a affaire : AABB, ABBA ou ABAB.**
Les vers riment alternativement : « affaiblies » rime avec « mélancolie » ; « champs » rime avec « couchants ». Les rimes choisies sont donc des rimes alternées.

→ **Pour connaître la qualité des rimes, il faut se demander combien de sons se répètent.**
Ici, deux sons se répètent à chaque fois : les rimes sont donc suffisantes.

# Les figures de style

10

## Les ingrédients

### COMPARAISON, MÉTAPHORE, ALLÉGORIE ET PERSONNIFICATION

- La **comparaison** unit deux mots se référant à un même domaine grâce à un **lien syntaxique** évident (*comme, tel que, pareil à…*) qui peut être un **comparatif** (*autant… que, aussi… que*) ou une **forme verbale** (*paraître, sembler, avoir l'air*).
- La **métaphore** est un rapprochement entre deux réalités qui se ressemblent, **sans utilisation de mots comparatifs** : « Ce colonel, c'était donc un monstre ! » (Céline, *Voyage au bout de la nuit*, 1932).

**Comparaison**
- *Elle avait les cheveux noirs* ***comme*** *l'ébène.*
- *Ses cheveux étaient* ***aussi*** *noirs* ***que*** *l'ébène.*
- *Ses cheveux noirs* ***paraissaient*** *d'ébène.*

**Métaphore**
- *Elle avait des cheveux d'ébène.*

- Une **allégorie** est une **image** qui rend une idée **concrète**. On parle ainsi de « la Faucheuse » pour évoquer la mort.
- La **personnification** attribue à des objets, ou des animaux, des comportements humains, comme dans ce vers d'Apollinaire : « Le Rhin le Rhin est ivre » (« Rhénanes », *Alcools*, 1913).

### MÉTONYMIE ET PÉRIPHRASE

- On crée une **métonymie** lorsque l'on désigne un objet par un mot en rapport avec celui-ci, et qui caractérise sa matière, l'une de ses parties, etc. On parle ainsi d'une « plume » pour désigner un écrivain.
- La **périphrase** est un groupe de mots qui remplace un terme. On évoquera ainsi « le septième art » pour parler du cinéma.

### LES FIGURES D'AMPLIFICATION ET D'EXAGÉRATION

- La **répétition** permet souvent de donner de la force au propos, ou de faire rire. Intervenant en début de phrase ou de vers, l'**anaphore** est une forme de répétition particulière : « Paris a mis de vieux vêtements de vieille / Paris dort tout debout sans air dans le métro » (Paul Éluard, « Courage », *Au rendez-vous allemand*, 1944).
- L'**énumération** est la juxtaposition de plusieurs éléments qui permettent de donner de l'importance au propos : « tout est mouillé, suintant, lavé, naufragé, et la lumière blafarde a l'air de couler » (Henri Barbusse, *Le Feu*, 1916).
- L'**hyperbole** est une **exagération** du propos. De nombreuses figures de style, et notamment les procédés d'amplification, participent à sa formation.

# La recette pour réussir

## SAVOIR FAIRE

### Comment repérer une hyperbole

- Observer le vocabulaire employé : des **termes excessifs** sont souvent utilisés pour former une hyperbole.
- Identifier aussi s'il y a des **répétitions**, autre caractéristique fréquente de l'hyperbole.

### Comment reconnaître une gradation

- Repérer d'abord si la figure de style est bien une **énumération**.
- Au sein de l'énumération, vérifier que les termes ou les expressions sont **ordonnés** selon leur intensité de sens ou leur longueur.

## ASTUCE DU CHEF

Dans les rédactions ou autres travaux d'écriture, utilisez la **périphrase** et la **métonymie** pour éviter les répétitions.

## À VOS FOURNEAUX – EXERCICES COMMENTÉS BREVET

**1 Quelle figure de style repérez-vous dans ce vers ? Justifiez votre réponse.**

Son regard est pareil au regard des statues

Verlaine, « Mon rêve familier »,
*Poèmes saturniens*, 1866.

→ **Repérer le mot outil utilisé, s'il y en a un.**
Le mot outil employé est « pareil au ». Il indique une comparaison.

→ **Rédiger la réponse en analysant la comparaison.**
Dans ce vers, on observe une comparaison, annoncée par l'outil de comparaison « pareil au ». Le « regard » du personnage est comparé « au regard des statues ».

**2 Relevez, dans l'extrait suivant, les termes qui forment une hyperbole. Quelle atmosphère l'utilisation de cette figure de style crée-t-elle ?**

Ce fut par une lugubre nuit de novembre que je vis enfin mon œuvre terminée. Avec une anxiété mêlée de terreur, je rassemblai autour de moi les instruments qui devaient me permettre d'infuser l'étincelle de vie dans cette chose inerte gisant à mes pieds. Une heure du matin venait de sonner et la pluie frappait lugubrement contre les vitres.

Marie Shelley, *Frankenstein*, 1818.

→ **L'hyperbole se construit grâce à l'utilisation, entre autres procédés, d'un vocabulaire excessif.**
Ici, nous relèverons les termes « lugubre nuit de novembre », « anxiété mêlée de terreur », « lugubrement ». L'hyperbole crée une atmosphère propice à la peur.

# L'engagement et la résistance au XXe siècle

11

## Les ingrédients

### LE XXe SIÈCLE, UNE ÉPOQUE DE GRANDS CONFLITS

Au XXe siècle, se succèdent des conflits graves et meurtriers, à l'image des **deux guerres mondiales** et des **guerres de décolonisation**. Ces conflits font réfléchir les écrivains à la fragilité et à la complexité de la **condition humaine**, à la nécessité de la **résistance**, à l'importance de la **mémoire** et de la réflexion **morale**. Les récits se centrent donc souvent autour de **personnages témoins ou acteurs de ces conflits**.

### POÉSIE ET RÉSISTANCE

- La Seconde Guerre mondiale donne naissance à la **poésie engagée** : Louis Aragon, René Char, Robert Desnos et d'autres **prennent position** en faveur de la **résistance, face aux totalitarismes et au colonialisme**.
- Comme le poème d'Éluard « Liberté », les textes sont écrits dans un **langage simple**, sillonné d'images marquantes et de répétitions favorisant leur mémorisation. Ils s'adressent au **plus grand nombre**, et délivrent un message exaltant tantôt le combat, tantôt la paix, mais toujours la liberté, l'amour et la fraternité.

> Sur mes cahiers d'écolier
> Sur mon pupitre et les arbres
> Sur le sable sur la neige
> J'écris ton nom
> [...]
> Et par le pouvoir d'un mot
> Je recommence ma vie
> Je suis né pour te connaître
> Pour te nommer
> Liberté.
>
> **Paul Éluard**, « Liberté »,
> *Au rendez-vous allemand*, 1944.

### AU THÉÂTRE : LE RENOUVEAU DE LA TRAGÉDIE

- Le **ton** de la tragédie, très solennel au XVIIe siècle, change. Ainsi, dans *La guerre de Troie n'aura pas lieu* de Jean Giraudoux (1935), la **modernité du langage** introduit une **distance** et une **ironie** nouvelles. En outre, les pièces prennent souvent une dimension philosophique et **politique**.
- Enfin, durant les années qui suivent, se développe chez les écrivains un sentiment d'**impuissance** et d'angoisse devant les atrocités vécues. **Ionesco** porte cette angoisse au théâtre, à travers des pièces teintées d'humour noir : c'est le **théâtre de l'absurde**. L'intrigue se dilue ou s'absente, privant le spectateur de **repères**, et les dialogues ne permettent plus de communiquer. Dans *La Cantatrice chauve*, jouée en 1950, les personnages sont même interchangeables.

Les conflits du XXe siècle poussent les écrivains à s'engager et à **réfléchir à la condition humaine**. Roman, poésie et théâtre en sont fortement influencés.

# La recette pour réussir

## SAVOIR FAIRE

**Comment parler de l'engagement**

- Évoquer la **cause défendue**, par exemple la liberté, la résistance, l'abolition de la peine de mort, etc.
- Discerner le **contexte d'écriture** pour comprendre si l'auteur s'oppose à une idéologie ou à une décision, se révolte, entre en résistance, s'indigne, ou encore témoigne de son espérance.

## ASTUCE DU CHEF

Observez le type de texte utilisé : certaines formes d'expression comme les articles de presse, les essais ou les débats sont particulièrement propices à l'expression de l'engagement de l'auteur.

## À VOS FOURNEAUX – EXERCICES COMMENTÉS BREVET

**1 Dans les vers suivants, Paris est personnifié. En quoi est-ce le signe de l'engagement du poète ?**

Paris a froid Paris a faim
Paris ne mange plus de marrons dans la rue

Paul Éluard, « Courage », *Au rendez-vous allemand*, 1944.

→ **En tenant compte de la personnification, se demander ce que le poète veut que le lecteur ressente pour la ville, et être attentif au paratexte.**
Éluard a écrit son poème en 1944. Il veut que le lecteur éprouve de la compassion pour Paris (en l'occurrence, le peuple de Paris). Il s'engage donc contre le sort que les occupants font subir aux Parisiens.

**2 Pour quelle cause Simone de Beauvoir s'engage-t-elle ? Quelle expression montre qu'elle s'oppose à une opinion couramment admise ?**

La passivité qui caractérisera essentiellement la femme « féminine » est un trait qui se développe en elle dès ses premières années. Mais il est faux de prétendre que c'est là une donnée biologique ; en vérité, c'est un destin qui lui est imposé par ses éducateurs et par la société. L'immense chance du garçon, c'est que sa manière d'exister pour autrui l'encourage à se poser pour soi

Simone de Beauvoir, *Le Deuxième Sexe*, tome 1, 1949.

→ **Chercher la cause pour laquelle s'engage l'auteur, c'est repérer le sujet du texte.**
Simone de Beauvoir s'engage pour la cause des femmes.

→ **Pour repérer l'expression qui montre que l'auteur s'oppose à une opinion, il faut chercher les connecteurs logiques marquant l'opposition (*mais, pourtant*...).**
L'expression marquant l'opposition de Simone de Beauvoir à une opinion couramment admise est « mais il est faux de prétendre ».

# Exprimer son opinion

12

## Les ingrédients

### DONNER SON AVIS

Pour exprimer son opinion sur un sujet, on formule un **avis personnel** à l'aide de verbes ou d'expressions comme *je suis convaincu, je crois, il me semble…*
**Exemple :** à la question : « Que pensez-vous du temps que passent les jeunes devant les écrans de leurs smartphones, tablettes ou ordinateurs ? », on pourra répondre : « Le temps que les jeunes consacrent aux écrans me semble trop long. »

### EXPRIMER SON DÉSACCORD

On peut également exprimer son **désaccord**, en **réfutant** l'opinion adverse. Pour **discuter** une opinion, une idée, on emploie des **articulations logiques** exprimant la **contradiction** (*mais*, *cependant…*)
**Exemple :** « Le temps passé par les jeunes sur les écrans de leur smartphone ou de leur ordinateur est nocif. Pourtant, Internet se révèle un outil d'apprentissage indispensable. »

### EMPLOYER UN VOCABULAIRE ÉVALUATIF

On peut aussi utiliser un **vocabulaire évaluatif**, comprenant des **termes mélioratifs ou péjoratifs** (les modalisateurs → *voir fiche 19*), pour faire comprendre sa position.
**Exemple :** on dira ainsi des sites Internet à vocation culturelle qu'ils sont « enrichissants », « bien construits », « didactiques », etc. ; à l'inverse, on **dénigrera** les jeux en ligne à l'aide d'un vocabulaire péjoratif : on les trouvera « peu intéressants », « comportant des règles trop simples », etc.

**Exprimer son opinion**

| Énoncer son avis | S'opposer et réfuter | Utiliser un vocabulaire évaluatif |
|---|---|---|
| **Énoncer son avis** en commençant par : *je pense, je trouve, je suis convaincu, je crois, il me semble, il me paraît, j'ai l'impression, à mon avis, selon moi…* | **S'opposer et réfuter** un propos à l'aide des mots : *mais, cependant, pourtant, en revanche, toutefois…* | **Utiliser un vocabulaire évaluatif :** mélioratif ou péjoratif |

Exprimer un jugement revient à **donner son avis** sur un sujet. Cette opinion doit être exprimée clairement, grâce à des **verbes d'opinion** et un **vocabulaire évaluatif**, et doit aussi être **nuancée** et construite.

# La recette pour réussir

### SAVOIR FAIRE

**Comment convaincre**

- Il ne faut pas hésiter à **nuancer son propos** en utilisant des adverbes comme *assez, trop, parfois, souvent*, etc., ou des expressions telles que *on peut regretter, malgré cela, il est vrai que*, etc.
- Le propos doit être **ordonné** de manière logique.

### ASTUCE DU CHEF

Si vous prenez part à un débat, préparez au brouillon les arguments sur le sujet donné en faisant quelques recherches préalables, de manière à pouvoir vous concentrer également sur la forme de vos interventions : elles devront être claires et construites pour être bien comprises.

## À VOS FOURNEAUX – EXERCICES COMMENTÉS BREVET

**1 À propos de quel sujet l'auteur de ce texte donne-t-il son avis ? Résumez cet avis en termes clairs.**

Mille gens se ruinent au jeu, et vous disent froidement qu'ils ne sauraient se passer de jouer : quelle excuse ! Y a-t-il une passion, quelque violente ou honteuse qu'elle soit, qui ne pût tenir ce même langage ? Serait-on reçu à dire qu'on ne peut se passer de voler, d'assassiner [...] ? Un jeu effroyable, continuel, sans retenue, sans bornes, où l'on n'a en vue que la ruine totale de son adversaire, [...] est-ce une chose qui soit permise ou dont l'on doive se passer ?

La Bruyère, *Les Caractères*, 1888.

→ **Chercher le sujet revient à chercher le thème du texte.**
La Bruyère donne son avis à propos de la passion du jeu.

→ **Pour résumer cet avis, il faut comprendre quelle est la position de La Bruyère par rapport au sujet.**
Pour La Bruyère, le jeu est une mauvaise passion dont il faut « se passer ».

**2 Montrez que, dans cet extrait, Claire Gratias donne son avis personnel.**

*Claire Gratias évoque les raisons de sa difficulté à féminiser le nom de son métier en « autrice » ou « écrivaine ».*

Pourquoi ces mots provoquent-ils chez moi une telle réticence ? Certes, la musicalité de la langue a toujours été capitale pour moi. Quand je dis *« une autrice »*, j'entends « une motrice » ou « une eau triste ». Le son que rend « une femme écrivain » me séduit infiniment plus que celui d'une « écrivaine » que je trouve plus lourd.

Claire Gratias, « Pourquoi je ne suis pas une autrice », *Libération*, 26 novembre 2019.

→ **Relever les mots du texte qui montrent que Claire Gratias formule un avis, exprime son opinion.**
Claire Gratias s'exprime en son nom propre et utilise les expressions « chez moi », « pour moi », et encore « je trouve ».

# Argumenter

13

## Les ingrédients

- Argumenter consiste à **défendre des idées** ou une cause, et à combattre les idées que l'on ne soutient pas.
- Le discours argumentatif met donc en présence deux thèses : **l'une défendue, l'autre réfutée, à propos d'un thème ou d'un sujet particulier**.
- La thèse est parfois **explicite**. Ainsi, Robert Badinter, dans son discours devant l'Assemblée nationale en 1981, déclare : « J'ai l'honneur [...] de demander [...] l'abolition de la peine de mort en France ». Il arrive cependant que la thèse soit **implicite**, et qu'on la comprenne « entre les lignes ». C'est de cette façon que les interrogations et la mort du condamné dans *Claude Gueux*, de Victor Hugo, permettent au lecteur de comprendre la position abolitionniste du romancier.
- Les arguments sont des **idées** avancées pour **soutenir** la thèse défendue qui doivent être **pertinentes**, autrement dit entretenir une relation **logique** avec la thèse.
**Exemple :** « Le seul résultat auquel ont conduit toutes les recherches menées par les criminologues est la constatation de l'absence de lien entre la peine de mort et l'évolution de la criminalité sanglante. » (Robert Badinter)

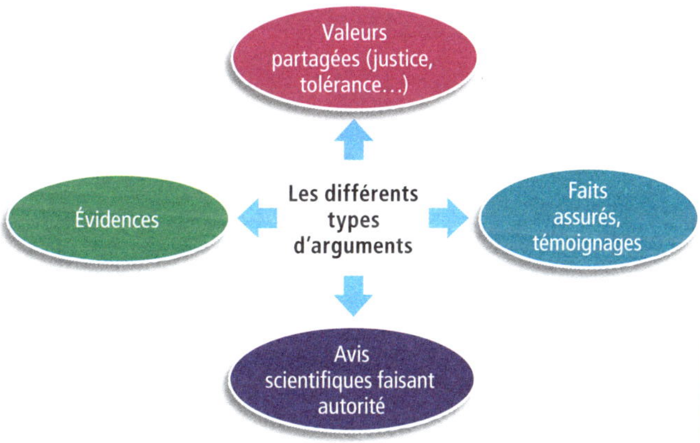


- Chaque argument est en général suivi d'un **exemple**, qui permet de le rendre **concret**, en donnant une illustration.

On argumente pour **convaincre** l'auditeur ou le lecteur, afin qu'il épouse la thèse défendue.

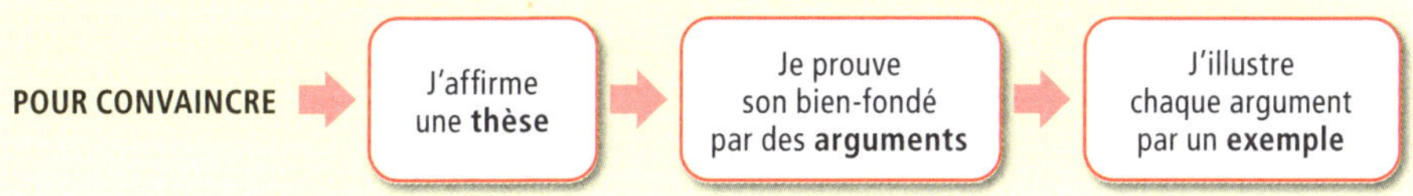

# La recette pour réussir

## SAVOIR FAIRE

**Comment bien argumenter**

- Trouver des **arguments valables** en citant des faits assurés, des évidences, des événements historiques ou des faits scientifiques faisant autorité.
- Construire son **raisonnement**, c'est-à-dire une succession d'arguments justifiant son avis, logiquement et progressivement pour ne pas « perdre » le lecteur.

## ASTUCE DU CHEF

Pour montrer que les arguments se suivent en toute logique, utilisez des **connecteurs** indiquant l'addition (*de plus*…), la cause (*car, en effet*…), la conséquence (*ainsi, c'est pourquoi*…), le but (*afin*…) ou l'opposition (*mais*…). Revenez **à la ligne** lorsque vous énoncez un nouvel argument.

## À VOS FOURNEAUX – EXERCICES COMMENTÉS BREVET

**1 Défendez la thèse suivante en construisant un paragraphe argumentatif : « Je trouve que le travail des enfants est absurde. »**

→ **Un paragraphe argumentatif se compose tout d'abord d'un argument.**
Ici, il peut être : « En effet, un enfant passant plusieurs heures par jour à travailler n'a pas le temps d'étudier. »

→ **Cet argument doit être suivi d'un exemple précis, qui comporte souvent des indications de temps et de lieux.**
On achèvera ainsi le paragraphe par : « Au XIX$^{e}$ siècle, en France, la plupart des enfants travaillant dans les usines, et notamment les filatures, étaient illettrés. »

**2 Dans l'extrait ci-dessous, quel est l'argument donné par la journaliste pour encourager le lecteur à voir la pièce ?**

On a vu avec Joséphine, 13 ans, une pièce de théâtre sur Samia, une jeune Africaine qui voulait accomplir son rêve : devenir athlète. On te la conseille parce que c'est une histoire vraie. Samia Yusuf Omar, une jeune fille somalienne, ne pense qu'à aller courir dans son quartier de Mogadiscio ou dans le stade. Elle se fait remarquer, participe aux Jeux olympiques de Pékin en 2008… Son rêve de devenir une athlète professionnelle est encore plus fort. Mais son pays, la Somalie, est en guerre.

Claire Laudoreau, « Trois raisons d'aller voir *Samia : de Pékin à Lampedusa* », *Le Monde des ados*, 9/11/2019.

→ **L'argument est une idée au service de la thèse défendue (ici : il faut aller voir la pièce de théâtre).**
L'argument, introduit par le connecteur logique « parce que » indiquant la cause est donc : « parce que c'est une histoire vraie ».

# S'opposer, exprimer la concession et la condition

14

## Les ingrédients

### L'OPPOSITION

- Dans un débat ou une discussion, on peut exprimer un **avis contraire** à celui de son interlocuteur, ou différent de l'idée présentée.
- L'opposition peut être exprimée par la **négation** du verbe ou par des expressions familières comme : « Jamais de la vie ! » La proposition **subordonnée circonstancielle d'opposition** (introduite par *tandis que*, *alors que*) permet également de marquer la contradiction.

### LA CONCESSION

- C'est un accord qui se limite à un point, une **acceptation partielle** de l'opinion adverse. On peut l'exprimer sous la forme d'une **précaution oratoire**, en nuançant son propre avis.

**Exemple :** « Vous avez certainement raison : la violence est humaine. Mais il me semble qu'elle doit être combattue. »

- On indique également la concession grâce à des subordonnées circonstancielles de concession, introduites par *bien que*, *malgré*, *même si*…

**Exemple :** « Malgré le mauvais temps, le match opposant Bastia au Real de Madrid a eu lieu. »

**Opposition**

**Ex. :** *Je ne peux l'accepter.*

**Concession**

**Ex. :** *Bien que j'en aie envie, je ne peux l'accepter.*

**Condition**

**Ex. :** *Si j'en ai envie, je peux l'accepter.*

### LA CONDITION

- Pour exprimer la condition, on utilise une **subordonnée** introduite par *si*, *pourvu que*, *à condition de*, *à moins que*.

**Exemple :** « Nous sortirons en mer à condition que la météo s'améliore. »

- Exprimer l'hypothèse équivaut à mesurer, grâce à l'emploi de l'**indicatif** ou du **conditionnel** dans la subordonnée, le degré de certitude de l'action.

**Exemple :** le degré de certitude est plus élevé dans la phrase « Si la météo s'améliore (Indicatif), nous sortirons (Indicatif) en mer », que dans la phrase « Si la météo s'améliorait (Conditionnel), nous sortirions (Conditionnel) en mer. »

Opposition, concession et condition servent à exprimer un avis contraire ou soumis à une circonstance particulière.

# La recette pour réussir

## SAVOIR FAIRE

### Comment exprimer l'opposition

Utiliser des **conjonctions de coordination** (*mais, or*) ou des **adverbes** (*au contraire, pourtant, cependant*…).

Ex. : « De part et d'autre ils sont des hommes. […] Mais la soif de l'or et de la conquête transforme les nôtres en démons. » (Jean-Claude Carrière, *La Controverse de Valladolid*, 1992).

### Comment exprimer la concession sans faute de syntaxe

Exprimer la concession demande quelques précautions.

- L'adverbe ***malgré*** est toujours suivi d'un **nom** : on dira « malgré la pluie » et non « ~~malgré qu'il pleuve~~ ».
- Les locutions ***bien que*** et ***quoique*** sont suivies d'un verbe au **subjonctif**.
- La locution ***même si*** est en revanche suivie d'un verbe à **l'indicatif.**

## ASTUCE DU CHEF

Les marqueurs « je pense plutôt » et « en ce qui me concerne » indiquent une prise de position contraire.

## À VOS FOURNEAUX – EXERCICE COMMENTÉ BREVET

**Les phrases suivantes marquent-elles l'opposition, la concession ou la condition ?**

**1.** « Même si elle a des difficultés en mathématiques, Joséphine obtient de bons résultats. »

→ **Relever la locution conjonctive introduisant la subordonnée circonstancielle.**
La locution conjonctive introduisant la subordonnée circonstancielle est « même si ».

→ **Quelle nuance de sens contient-elle ?**
Elle exprime une acceptation partielle de la thèse adverse.

→ **En déduire la nuance exprimée par la phrase.**
La phrase exprime une concession.

**2.** « Si je prenais le train, j'arriverais probablement à l'heure. »

→ **Relever la conjonction de subordination introduisant la subordonnée circonstancielle.**
La conjonction de subordination introduisant la subordonnée circonstancielle est « si ».

→ **Quelle nuance de sens contient-elle ?**
Elle exprime une hypothèse, une condition.

# Exprimer la cause, la conséquence et le but

15

## Les ingrédients

### EXPRIMER LA CAUSE

- Deux **propositions indépendantes**, reliées ou non par une conjonction de coordination, permettent d'exprimer la cause.

**Exemple :** « Ce bébé a pleuré toute la nuit, [car] il était malade. »

- On peut également employer un **groupe prépositionnel** ou **adverbial**, introduit par *de*, *par*, *à cause de*, *en raison de*, etc. ; ou une subordonnée circonstancielle de cause, introduite par ***parce que***, *puisque*, *comme*, etc., suivie d'un verbe à l'**indicatif**.

**Exemples :** « Ce bébé a pleuré de douleur toute la nuit. »
Groupe prépositionnel

« Ce bébé a pleuré toute la nuit parce qu'il était malade. »
Proposition subordonnée circonstancielle de cause

### EXPRIMER LA CONSÉQUENCE

- La conséquence peut être indiquée par l'emploi d'un **adverbe** (*alors, ainsi*) ou par une **conjonction de coordination** (*donc, et*...).

**Exemple :** « Je suis arrivé en retard en cours, et/donc/alors j'ai eu une punition. »

- La subordonnée circonstancielle de conséquence est introduite par *de sorte que*, *si bien que*, ou encore *si/tant/tellement... que*, suivi d'un verbe à **l'indicatif**.

**Exemple :** « Je suis arrivé **tellement** en retard **que** j'ai eu une punition. »

« La chétive Pécore
S'enfla **si** bien qu'elle creva. »

**Jean de La Fontaine**, « La Grenouille qui se veut faire aussi grosse que le Bœuf », *Fables*, 1668.

**Cause**

**Ex.** : Les bateaux sont restés au port **en raison du mauvais temps.**

**Conséquence**

**Ex.** : Les bateaux sont restés au port **si bien que la course n'a pu avoir lieu**.

**But**

**Ex.** : Les bateaux sont restés au port **pour éviter d'être emportés par la tempête.**

### EXPRIMER LE BUT

On exprime le but grâce à des groupes prépositionnels introduits par *pour, afin de, de manière à*, etc. ; ou à l'aide d'une subordonnée circonstancielle introduite par une conjonction de subordination (*pour que, afin que, dans l'espoir que*, etc.), suivie du **subjonctif**, car l'action n'est pas réalisée.

**Exemple :** « Il s'est déguisé afin qu'on ne le reconnaisse pas. »

# La recette pour réussir

## SAVOIR FAIRE

**Comment repérer l'expression de la cause, de la conséquence ou du but**

Il faut se poser les questions suivantes.

- « Pour quelle raison ? » → la cause
- « Pour quel effet ? » → la conséquence
- « Dans quel objectif ? » → le but

## ASTUCE DU CHEF

Si la nuance de sens d'une proposition subordonnée semble ambiguë, n'hésitez pas à changer la locution conjonctive par une autre, plus évidente.
Ex. : « Il faisait si froid que j'ai dû abandonner. » → J'ai abandonné parce qu'il faisait très froid (*parce que* = expression de la cause).

## À VOS FOURNEAUX – EXERCICE COMMENTÉ BREVET

**Dans les phrases suivantes, la proposition subordonnée soulignée exprime-t-elle le but, la cause ou la conséquence ?**

**1.** « Sous prétexte qu'il n'est pas doué, il préfère éviter de cuisiner. »

→ **Remplacer la locution conjonctive par d'autres (*afin de, parce que, si bien que*...) exprimant ces différentes nuances de sens.**
La locution conjonctive qui convient le mieux est *parce que* : « Parce qu'il n'est pas doué, il préfère éviter de cuisinier. »

→ **Déterminer ce qu'exprime la locution sélectionnée.**
*Parce que* exprime la cause.

→ **Rédiger la phrase réponse.**
La proposition subordonnée « sous prétexte qu'il n'est pas doué » exprime donc la cause.

**2.** « Louise a refait tous les exercices du chapitre pour que le contrôle du lendemain soit un succès. »

→ **Poser la question à laquelle répond la proposition subordonnée.**
La proposition subordonnée répond à la question : « Dans quel objectif Louise a-t-elle refait tous les exercices ? »

→ **Déterminer la nuance de sens de la proposition subordonnée.**
La proposition subordonnée « pour que le contrôle du lendemain soit un succès » exprime le but.

# Science-fiction et anticipation : progrès et rêves scientifiques

16

## Les ingrédients

### LE PROGRÈS AU XIX$^{e}$ SIÈCLE

- La **révolution industrielle** donne naissance au monde moderne, dont les **inventions** (la machine à vapeur, l'électricité) modifient la vie de chacun.
- Ce **climat d'investigation** tous azimuts **stimule l'imagination** des auteurs. L'image du « **savant fou** » apparaît ainsi dans *Frankenstein*, un roman écrit par Mary Shelley en 1818 : un scientifique, Victor Frankenstein, donne vie grâce à l'électricité à une créature constituée de lambeaux de chair humaine.
- La **science-fiction** est un genre littéraire qui se structure autour d'hypothèses sur **ce que pourrait être le présent ou le futur**. Ces récits proposent donc des mondes « parallèles » ou futuristes, accessibles grâce à une découverte scientifique ou à l'invention d'une machine.

### LES VOYAGES EXTRAORDINAIRES DE JULES VERNE

De 1862 à 1905, Jules Verne écrit plus de soixante romans destinés à amuser les lecteurs tout en popularisant les avancées scientifiques. Il **met ainsi au goût du jour la « fiction scientifique »**, autrement dit la « science-fiction ».
**Exemple :** *Voyage au centre de la Terre* (1864) évoque la découverte d'une peuplade primitive par des explorateurs, descendus dans les entrailles de la planète en empruntant la cheminée d'un volcan.

### *LA MACHINE À REMONTER LE TEMPS* DE H.G. WELLS

Si dans les romans de Jules Verne on observe une confiance face au progrès, ce n'est pas le cas de ceux de H.G. Wells.
En 1895, dans *La Machine à remonter le temps*, un roman d'**anticipation**, c'est-à-dire prenant place dans le futur, il évoque les Eloïs, créatures simples descendant des hommes, qui servent de nourriture aux Morlocks, des singes vivant sous la surface que le héros devra combattre.

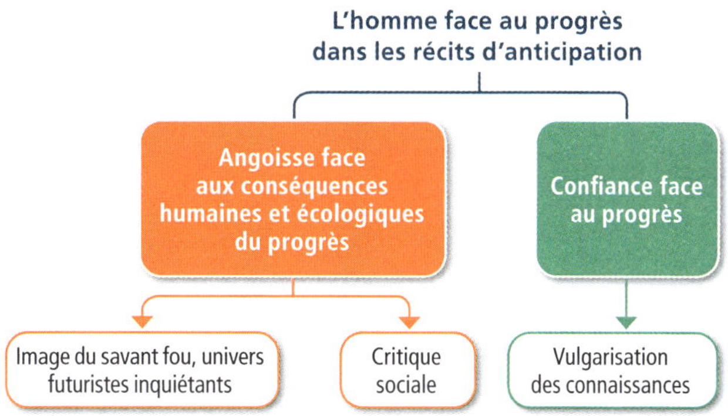


La science-fiction est un genre littéraire qui propose des récits dans des mondes parallèles ou futuristes, accessibles grâce aux découvertes scientifiques.

# La recette pour réussir

## SAVOIR FAIRE

**Comment reconnaître un récit d'anticipation ?**

- Les récits d'anticipation permettent souvent de mener une **critique sociale.** Les univers présentés sont alors inquiétants, en proie à la destruction, aux épidémies et aux catastrophes. Ils traduisent les **angoisses** des auteurs face au progrès et à ses conséquences humaines et écologiques.
- En outre, à la manière des voyageurs des *Lettres persanes* de Montesquieu, **l'extraterrestre** se révèle un terrible **juge des actions humaines.** Souvent présenté comme intellectuellement supérieur, il porte un regard incisif sur les hommes irresponsables.

## ASTUCE DU CHEF

Attention à ne pas confondre fantastique et science-fiction. Le fantastique naît de l'irruption inexplicable du surnaturel dans la réalité.

## À VOS FOURNEAUX – EXERCICES COMMENTÉS BREVET

### 1 À quoi voit-on qu'il s'agit d'un texte de science-fiction ?

Un énorme courant de voitures roulait sur la chaussée lumineuse. Le plastec luminescent, qui remplaçait les pavés et le bitume triste, renvoyait en douce la lumière qu'il avait absorbée pendant toute la journée.

René Barjavel, *Ravage*, 1943.

**→ Observer le lexique.**

Le néologisme « plastec » et le verbe « remplacer » nous montrent que nous sommes dans un récit d'anticipation qui se déroule dans un monde parallèle ou futuriste.

### 2 Le monde décrit dans ce passage du roman *1984* vous paraît-il angoissant ou bienveillant ?

De tous les carrefours importants, le visage à la moustache noire vous fixait du regard. Il y en avait un sur le mur d'en face. BIG BROTHER VOUS REGARDE, répétait la légende, tandis que le regard des yeux noirs pénétrait les yeux de Winston. […] Au loin, un hélicoptère glissa entre les toits […]. C'était une patrouille qui venait mettre le nez aux fenêtres des gens. Mais les patrouilles n'avaient pas d'importance. Seule comptait la Police de la Pensée.

George Orwell, *1984*, 1948.

**→ Lire plusieurs fois l'extrait pour repérer les expressions décrivant un univers bienveillant ou angoissant.**

Les expressions qualifiant l'univers décrit sont essentiellement angoissantes : « le visage à la moustache noire », « vous fixait », « le regard des yeux noirs pénétrait les yeux de Winston », « une patrouille », « mettre le nez aux fenêtres des gens », la « Police de la Pensée ».

# Types et genres de textes

17

## Les ingrédients

### LES TYPES DE TEXTES

● Le **texte narratif** sert à **raconter une histoire**, en rapportant des événements, réels ou imaginaires, selon un déroulement **chronologique.**
**Exemple :** le début de *Germinal*, d'Émile Zola.

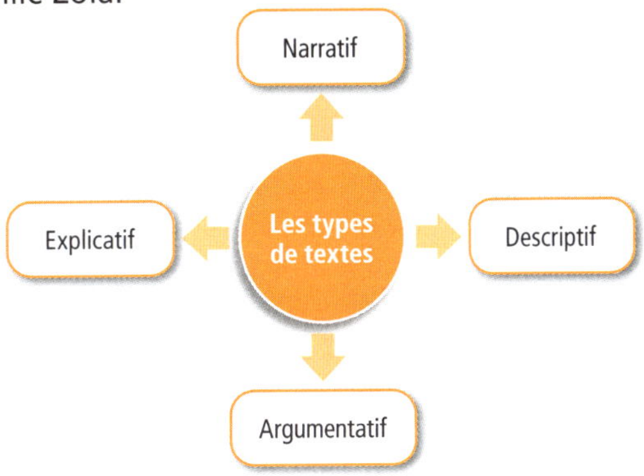


● Le **texte descriptif** permet de **décrire** un objet ou un paysage. Si la description concerne une personne, on parlera d'un **portrait** (→ *voir fiche 7*).

● Le **texte argumentatif** a pour but de défendre une **opinion**, et cherche à **convaincre** le lecteur.
**Exemples :** un discours contre la peine de mort, un article de presse pour la sauvegarde des espèces menacées.

● On utilise le **texte explicatif** pour **faire comprendre** un processus.
**Exemple :** le professeur de sciences emploiera ainsi le discours explicatif pour évoquer la tectonique des plaques aboutissant à la formation des continents.

### LE GENRE D'UN TEXTE

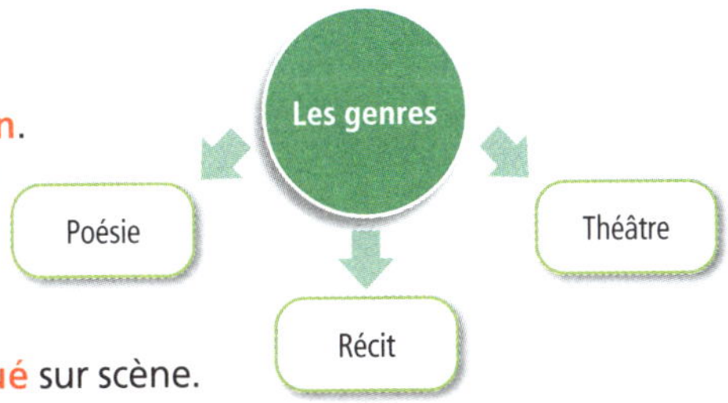


● Le **récit** peut prendre la forme d'un **roman**. C'est alors un récit long. S'il est court, on parlera d'une **nouvelle.** Il peut également se décliner sous la forme d'un **conte**, d'une **autobiographie** ou d'un récit **historique**.

● Le texte de **théâtre** est destiné à être **joué** sur scène.

● La **poésie** utilise le langage d'une façon particulière, accordant autant d'importance aux **sonorités** des mots qu'à leur **sens**. Les œuvres poétiques se déclinent **en vers ou en prose**, et obéissent souvent à des contraintes **formelles**.

● Il existe quatre **types** de textes (narratif, descriptif, argumentatif, explicatif) qui ont chacun une visée différente.

● Les **genres** sont des catégories qui permettent de regrouper des textes ayant des caractéristiques semblables.

## La recette pour réussir

### SAVOIR FAIRE

**Comment distinguer les sous-genres ?**

- On classe les pièces de **théâtre** en plusieurs sous-genres :
  - la **comédie** a pour vocation de **faire rire** le public ;
  - au contraire, la **tragédie** est une œuvre qui doit **émouvoir** ;
  - le théâtre de l'**absurde**, au XX^e siècle, déstabilise le public et propose une **réflexion sur la condition humaine.**
- Le **roman** possède lui aussi plusieurs sous-genres : roman **policier**, roman d'**apprentissage**, de **science-fiction**, d'**analyse**, **historique**, **épistolaire**, **autobiographique**, etc.

### ASTUCE DU CHEF

Gardez à l'esprit que différents types de textes peuvent se succéder au sein d'une même œuvre : ainsi, une narration peut prendre la suite d'une description.

### À VOS FOURNEAUX – EXERCICE COMMENTÉ BREVET

**De quel genre littéraire est issu cet extrait ? Quel est le type de texte utilisé ici ?**

*Voici la réponse du capitaine Nemo à une question du professeur Aronnax portant sur le fonctionnement du canot arrimé au* Nautilus, *un extraordinaire sous-marin.*

Ce canot adhère à la partie supérieure de la coque du *Nautilus*, et occupe une cavité disposée pour le recevoir. Il est entièrement ponté, absolument étanche, et retenu par de solides boulons. Cette échelle conduit à un trou d'homme percé dans la coque du *Nautilus*, qui correspond à un trou pareil percé dans le flanc du canot. C'est par cette double ouverture que je m'introduis dans l'embarcation. On referme l'une, celle du *Nautilus* ; je referme l'autre, celle du canot, au moyen de vis de pression ; je largue les boulons, et l'embarcation remonte avec une prodigieuse rapidité à la surface de la mer.

Jules Verne, *Vingt Mille Lieues sous les mers*, 1869-1870.

→ **Pour trouver le genre, on observe le paratexte.**
Le texte est issu d'un roman de Jules Verne. Il s'agit donc d'un récit.

→ **Pour trouver le type de texte, il faut se demander s'il s'agit de la description d'un endroit ou de l'explication d'un processus.**
Le capitaine Nemo explique le fonctionnement du canot. Il s'agit donc d'un texte explicatif.

# Énonciation et modalisation 18

## Les ingrédients

### LA SITUATION D'ÉNONCIATION

La situation d'énonciation est la situation dans laquelle se trouve l'énonciateur au moment où il parle ou écrit. On la détermine en se posant les questions suivantes : ***qui parle ? à qui ? où ? quand ?***

**Exemple :** au début d'*Antigone*, Antigone parle à Ismène, sa sœur. Elles se trouvent à Thèbes. L'époque à laquelle se déroule l'action est le temps du mythe d'Œdipe.

> *Le lieu de la scène est à Thèbes, devant le palais de Créon.*
>
> ANTIGONE
>
> Ismène, ma sœur, tête chérie, de tous les maux qu'Œdipe a légués à sa race, en sais-tu un dont Jupiter n'ait pas encore affligé notre vie ?
>
> **Sophocle**, *Antigone*, 441 av. J.-C.

### DISCOURS ET RÉCIT

- Le **discours** est un énoncé **ancré** dans la situation d'énonciation : les **repères de temps et de lieux** se définissent en fonction de la position du locuteur dans l'espace et le temps.
- Le **récit**, en revanche, est un énoncé **coupé** de la situation d'énonciation. Les repères de temps et de lieux **appartiennent à l'histoire** racontée : on évoquera « l'an 1789 », « la veille », etc.
- Dans un même roman, discours (un dialogue) et récit (un passage narratif) peuvent se suivre, et alterner.

**Discours**
- Énoncé ancré dans la situation d'énonciation
- Les indices temporels et spatiaux appartiennent à l'univers du locuteur : *ici, maintenant, hier, demain.*

**Récit**
- Énoncé coupé de la situation d'énonciation
- Les indices temporels et spatiaux appartiennent à l'univers du récit : *à cet endroit, le lendemain, en ce moment, la veille.*

- La **situation d'énonciation** est la situation dans laquelle se trouve l'énonciateur au moment où il parle ou écrit.
- Le **discours** est un énoncé ancré dans la situation d'énonciation, alors que le **récit** est un énoncé coupé de la situation d'énonciation.

# La recette pour réussir

## SAVOIR FAIRE

**Comment distinguer discours et récit**

Pour savoir s'il s'agit d'un discours ou d'un récit, il faut :

- observer les pronoms personnels ;
- repérer les indices spatio-temporels.

## ASTUCE DU CHEF

Lorsque l'on transforme une phrase qui est au discours direct (issue d'un dialogue) en une phrase au discours indirect, on passe du discours au récit. Faites attention aux pronoms !

Ex. : « Dis-moi ce qui t'amène ! » (= discours) → « Il m'ordonna de lui dire ce qui m'amenait. » (= récit)

## À VOS FOURNEAUX – EXERCICE COMMENTÉ BREVET

**Ces extraits appartiennent-ils au discours ou au récit ?**

**Texte 1**

Il arriva à Paris avec seulement sept francs en poche, mais, le matin même, il était embauché pour le lendemain dans une maison de Levallois.

Roland Dorgelès, *Les Croix de bois*, 1919.

**Texte 2**

Mon cher Martin,

Te voilà de retour en Allemagne. Comme je t'envie… Je n'ai pas revu ce pays depuis mes années d'étudiant, mais le charme d'Unter den Linden agit encore sur moi […].

Kathrine Kressmann Taylor, *Inconnu à cette adresse*, lettre 1, 1938.

→ **Relever les indices spatio-temporels employés puisque ce sont les indices d'énonciation.**

Texte 1 : les indices spatio-temporels sont « Paris », « le matin même », « le lendemain ».

Texte 2 : les indices spatio-temporels sont « ce pays », « depuis mes années d'étudiant ».

→ **Pour déterminer si une phrase appartient au discours ou au récit, il faut se demander si l'émetteur de l'énoncé évoque, au moment où il parle, sa propre situation.**

Texte 1 : les indices relevés appartiennent au récit, c'est-à-dire à un énoncé coupé de la situation. Il s'agit donc d'un récit.

Texte 2 : les indices appartiennent au discours, c'est-à-dire un énoncé ancré dans la situation d'énonciation (ici, une lettre). Il s'agit donc d'un discours.

# Intervention du narrateur et modalisateurs

19

## Les ingrédients

### INTERVENTION DU NARRATEUR

Un récit à la troisième personne est mené par un narrateur extérieur, qui peut intervenir dans le récit en **commentant** la situation (→ *voir fiche 2*).

**Exemple :** dans *14*, Jean Echenoz coupe ainsi court à son récit mettant en scène Anthime durant la Première Guerre mondiale : « Tout cela ayant été décrit mille fois, peut-être n'est-il pas la peine de s'attarder sur cet opéra sordide et puant. »

### LES MODALISATEURS

- Cependant, certains **indices** plus subtils, les **modalisateurs**, révèlent également la présence du locuteur et trahissent sa **subjectivité** : ses **émotions**, ses **sentiments** ou son **degré de certitude.**

- Certains verbes (*penser, croire*), l'emploi du **conditionnel**, du **subjonctif**, et d'adverbes comme *probablement*, indiquent un degré de certitude.

**Exemple :** dans la phrase : « le navigateur prétend qu'il arrivera ce soir », le degré de certitude est atténué par le verbe « prétendre ».

- D'autres indices concernent l'**appréciation** portée par le locuteur ou le narrateur, qui peut être **méliorative ou péjorative**.

**Exemple :** « Ce chef [...] paraissait à première vue ni cruel ni héroïque » (Céline, *Voyage au bout de la nuit*). L'évaluation proposée ici par le narrateur est **positive**, mais le **doute**, instillé par la locution « paraissait à première vue », subsiste.

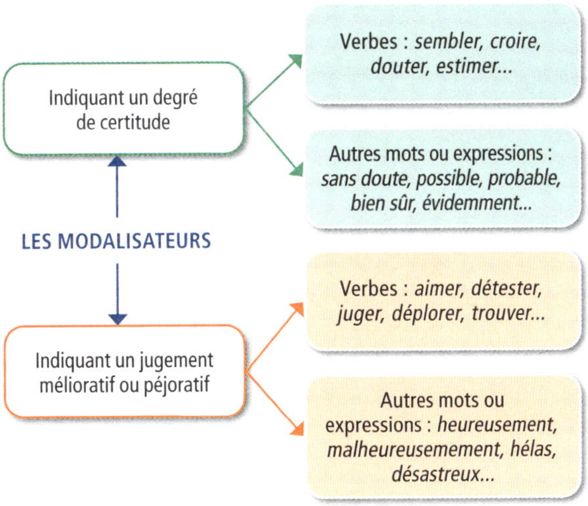


- Dans un récit à la troisième personne, le narrateur peut intervenir directement.
- Tout locuteur peut **manifester sa subjectivité** dans son énoncé en laissant des indices concernant son degré de certitude ou une évaluation péjorative ou méliorative de la situation.

# La recette pour réussir

## SAVOIR FAIRE

**Comment repérer les interventions du narrateur**

- Être attentif aux phrases qui rompent le déroulement du récit pour proposer un « **commentaire** ».
- Remarquer les phrases interrogatives ou exclamatives qui expriment un **jugement** sur les faits qui se déroulent.
- Noter le surgissement inattendu de la voix du conteur, qui parfois emploie le « **je** » pour donner son avis sur les faits qu'il raconte à la troisième personne.

## ASTUCE DU CHEF

Pour repérer les modalisateurs, soyez particulièrement attentif aux adverbes qui indiquent un degré de certitude : *probablement*, *vraisemblablement*, *honnêtement*, etc.

## À VOS FOURNEAUX – EXERCICE COMMENTÉ BREVET

**Dans cet extrait, à quel moment le narrateur intervient-il ? Justifiez votre réponse.**

Mademoiselle Pinson n'était pas précisément ce qu'on appelle une jolie femme. […] Quoi qu'il en soit, un petit bonnet autorise un nez retroussé, qui à son tour veut une bouche bien fendue, à laquelle il faut de belles dents et un visage rond pour cadre. Un visage rond demande des yeux brillants ; le mieux est qu'ils soient le plus noirs possible, et les sourcils à l'avenant. […] Ainsi était mademoiselle Pinson. Marcel s'était mis dans la tête qu'Eugène devait faire la cour à cette demoiselle ; pourquoi ? je n'en sais rien, si ce n'est qu'il était lui-même l'adorateur de mademoiselle Zélia, amie intime de mademoiselle Pinson. […] Il avait résolu de donner un souper, et ne trouva rien de mieux que de choisir pour prétexte le jour de sa propre fête.

Alfred de Musset, « Mimi Pinson », *Nouvelles et Contes*, 1888.

→ **Avoir en tête que le narrateur intervient souvent pour se faire l'écho des interrogations ou des commentaires du lecteur.**

Le narrateur intervient à la première personne : « pourquoi ? **je** n'en sais rien, si ce n'est qu'il était lui-même l'adorateur de mademoiselle Zélia, amie intime de mademoiselle Pinson. »

Il se fait l'écho d'une question que pourrait se poser le lecteur.

# Les classes de mots variables 20

## Les ingrédients

- Le verbe forme le noyau de la phrase traditionnelle.
- Les noms communs désignent une personne (ex. : *cet homme*), un objet (ex. : *la table*) ou une notion abstraite (ex. : *le bonheur*).
- Les déterminants (voir tableau ci-contre) précèdent le nom.
- Les adjectifs indiquent une caractéristique du nom qu'ils déterminent (ex. : *des chocolats appétissants*).

| Les déterminants | |
|---|---|
| **Articles définis** | *le, la, les, l'* |
| **Articles indéfinis** | *un, une, des* |
| **Possessifs** | *son, sa, notre, leur…* |
| **Démonstratifs** | *ce, cet, ces, cette…* |
| **Indéfinis** | *certains, chaque, quelques…* |
| **Interrogatifs et exclamatifs** | *quel, quelle, quels, quelles…* |
| **Numéraux ordinaux et cardinaux** | *un, deux, trois… ; premier, deuxième…* |

- Un pronom est un mot qui remplace un nom ou un groupe de mots déjà cités.

**Les pronoms**

| | |
|---|---|
| **Pronoms personnels** | Ils varient selon leur fonction dans la phrase :<br>• sujet : *je, tu, il/elle…*<br>• complément d'objet : *me, le, la, lui, eux…* |
| **Pronoms possessifs** | Ils sont précédés d'un article : *le mien, la tienne, les nôtres, le leur…* |
| **Pronoms démonstratifs** | Formes simples : *celui, celle, ceux…*<br>Formes composées : *celui-ci, celle-ci…* |
| **Pronoms indéfinis** | Ils expriment la pluralité (*plusieurs, quelques-uns*), la singularité (*chacun*), la totalité (*tout*), la négation absolue (*aucun, personne*) ou l'identité (*le même, l'autre*). |
| **Pronoms relatifs** | Ils servent de lien entre deux propositions : *qui, que, quoi, dont, où, lequel* et composés |
| **Pronoms interrogatifs** | Ils servent à poser une question : *qui ? que ?…* |
| **Pronoms numéraux cardinaux et ordinaux** | *un(e)(s), deux, le premier, le deuxième…* |

# La recette pour réussir

## SAVOIR FAIRE

**Comment ne pas confondre les articles définis (*le, la, les, leur(s)*) et les pronoms personnels (*le, la, les, leur*)**

Il faut regarder quel mot les suit.

- Si c'est un nom, il s'agit d'un article défini.

Ex. : La fiche est dans ton classeur.

- Si c'est un verbe, il s'agit du pronom personnel.

Ex. : Tu dois la lire.

## ASTUCE DU CHEF

Lorsque vous employez des pronoms en rédaction, veillez à garder une bonne cohérence textuelle de manière à ne pas perdre votre lecteur.

## À VOS FOURNEAUX – EXERCICES COMMENTÉS BREVET

**1 Transformez la phrase en remplaçant le groupe de mots soulignés par un pronom. Quelle est la fonction de ce pronom ? À quel changement orthographique doit-on procéder ?**

« Mon père a conduit ma tante à la gare. »

→ **En opérant le changement, il faut veiller à conserver le temps du verbe.**
Mon père l'a conduite à la gare.

→ **La fonction du pronom est la même que celle du nom qu'il remplace.**
Le pronom personnel « l' » est COD du verbe « conduire ».

→ **Le changement orthographique concerne la terminaison du participe passé du verbe « conduire ».**
Le pronom personnel COD est placé avant le verbe conjugué au passé composé à l'aide de l'auxiliaire « avoir ». De ce fait, le participe passé s'accorde avec le pronom, qui garde le genre et le nombre du nom « ma tante » qu'il remplace, c'est-à-dire féminin singulier.

**2 Les mots soulignés sont-ils des déterminants ou des pronoms ?**

« Plusieurs régions ont été victimes d'inondations : certaines ont subi de gros dégâts, d'autres ont été quelque peu épargnées, mais toutes bénéficieront de l'aide des bénévoles. »

→ **Se rappeler qu'un déterminant précède un nom, et qu'un pronom remplace un nom cité avant dans la phrase ou le texte.**
« Plusieurs » est un déterminant, car il précède le nom « régions ».
« Certaines », « d'autres » et « toutes » sont des pronoms indéfinis, qui remplacent le nom « régions ».

# Les classes de mots invariables 21

## Les ingrédients

### LES ADVERBES

- Les adverbes **modifient le sens** d'un mot ou d'une phrase. On peut presque toujours les **supprimer**.
- Les **adverbes d'intensité** (*assez, beaucoup…*) induisent une variation de degré. L'état ou l'action est alors évoqué à un degré faible, moyen ou fort.

**Exemples :** « Théo est très triste. »
« Ce devoir est assez réussi. »

- On distingue également les **adverbes de temps** (*demain, hier…*), **de lieu** (*dehors, ici…*) et **de manière** (*vite, gentiment…*).

**Les classes grammaticales des mots invariables**

**Adverbes**
*assez, beaucoup, infiniment, très, vite, dehors…*

**Conjonctions de coordination**
*mais, ou, et, donc, or, ni, car*

**Conjonctions de subordination**
*quand, comme, si, que, alors que, bien que…*

**Prépositions**
*à, de, par, pour, sans, sous, avec…*

**Interjections**
- onomatopées : *chut, plouf…*
- exclamations : *ah !, oh !*

### LES CONJONCTIONS

- Les **conjonctions de coordination** servent à relier deux éléments d'une phrase selon une logique de sens. On utilisera par exemple « ou » pour poser une alternative.

**Exemple :** « Tu prends le jaune ou le bleu ? »

- Les **conjonctions de subordination** sont des mots qui mettent en relation une proposition subordonnée avec une proposition principale (→ *voir fiche 32*). Elles sont très nombreuses et expriment un rapport de sens.

**Exemple :** « Bien que j'aie peu de temps, je fais du sport. » *Bien que* exprime une relation de concession.

- Les **conjonctions de subordination** peuvent être de formes simples (*quand, comme, si…*), ou de formes composées et l'on parle alors de locutions conjonctives (*pendant que, alors que…*).

### LES PRÉPOSITIONS

Les **prépositions** introduisent le complément d'un nom ou d'un verbe.
**Exemples :** « Je vais à l'école. » ; « Je range mon cahier sur la table. »

### LES INTERJECTIONS

Les **interjections** marquent la présence du locuteur. On place dans cette catégorie les onomatopées (*toc, toc*), les exclamations (*ah, oh !*), ou encore des expressions figées (*Au secours !*).

# La recette pour réussir

## SAVOIR FAIRE

**Comment écrire correctement les mots invariables**

• Apprendre l'orthographe des mots invariables par cœur.
• Les conjonctions de coordination « et » et « ou » ont des homophones appartenant à d'autres catégories grammaticales. Pour ne pas se tromper, il faut se rappeler que « et » indique l'addition (on peut le remplacer par « et puis ») et « ou » l'alternative (on peut le remplacer par « ou bien »).

## ASTUCE DU CHEF

Beaucoup d'adverbes de manière sont construits à partir du radical d'un adjectif, mis au féminin, auquel est ajouté le suffixe *-ment* : *long* → *longue* → *longuement*.

## À VOS FOURNEAUX – EXERCICES COMMENTÉS BREVET

**1 À quelle classe grammaticale appartient le mot souligné ? Remplacez-le par une conjonction de subordination dont le sens est équivalent.**

« Jean a été dispensé de sport car il était malade. »

→ **Se rappeler de la liste des conjonctions de coordination.**
« Car » est une conjonction de coordination.

→ **« Car » indique la cause. Il faut donc le remplacer par une conjonction de subordination indiquant la cause.**
La conjonction de subordination équivalente est « parce que ». On écrira :
« Jean a été dispensé de sport parce qu'il était malade. »

**2 Les mots invariables « quand » et « souvent » donnent des indications de temps. Appartiennent-ils pour autant à la même classe grammaticale ?**

Quand le repas nous réunissait, souvent je tournais les yeux du côté de mon oncle et généralement, au bout d'un moment, je réussissais à rencontrer son regard [...].

Camara Laye, *L'Enfant noir*, 1953.

→ **Se rappeler quel type de proposition le terme « quand » introduit le plus souvent et se souvenir de la liste des conjonctions de subordination.**
« Quand » est une conjonction de subordination introduisant la proposition circonstancielle de temps « quand le repas nous réunissait »

→ **Le mot « souvent » indique une nuance de temps facile à repérer.**
Il s'agit d'un adverbe de temps, indiquant plus précisément la fréquence.

→ **Conclure.**
Les mots « quand » et « souvent » n'appartiennent donc pas à la même classe grammaticale.

# Accords orthographiques et homophonie grammaticale

22

## Les ingrédients

### LES ADJECTIFS DE COULEUR

- Dans la plupart des cas, les adjectifs de couleur **s'accordent avec le nom**.

**Exemple :** des stylos bleus.

- Cependant, ils sont **invariables** si on leur ajoute un terme qui nuance la couleur (ex. : une robe bleu foncé), ou lorsque la couleur vient d'un nom commun (ex. : des collants orange).

**Exceptions :** bien qu'ils soient issus de noms communs, « pourpre », « écarlate », « rose », « mauve » et « fauve » s'accordent (ex. : des fleurs mauves).

### QUELQUE/QUEL QUE

- **Quelque(s)** est un déterminant indéfini, qui signifie « plusieurs » (ex. : « quelques jours »). Au singulier, **quelque** a le sens également de « un certain, un quelconque » (ex. : « Quelque temps plus tard, il lui arrivera malheur. »).

**Exemple :** « **Quelques** instants après, il claqua violemment la porte. Avez-vous **quelque** idée de ce qu'il advint ? »

- **Quel que** suivi du verbe *être* au subjonctif signifie « de n'importe quelle nature », et s'accorde avec le sujet du verbe.

**Exemple :** « **Quelles que** soient ses exigences, elles seront satisfaites. »

soient : Verbe *être* au subjonctif — ses exigences : Sujet

### QUOIQUE/QUOI QUE

- ***Quoique***, introduisant une subordonnée au subjonctif, signifie « bien que ». On emploie aussi « quoique » suivi d'un adjectif.

**Exemples :** « **Quoique** je sois peureux, j'ai essayé. » ; « Quoique jeune, il n'en était pas moins prudent. »

Quoique je sois peureux : Prop. sub. au subjonctif

- ***Quoi que*** signifie « quelle que soit la chose que ».

**Exemple :** « **Quoi que** tu en penses, il te faudra venir. »

(→ *Voir également fiche 28.*)

- Les **adjectifs de couleur** s'accordent avec le nom qu'ils qualifient, sauf s'ils sont suivis d'un mot exprimant une nuance, ou si la couleur vient d'un nom commun (attention aux exceptions).
- ***Quelque*** est un déterminant indéfini, ***quoique*** une conjonction de subordination.

## La recette pour réussir

### SAVOIR FAIRE

**Comment orthographier *quelque/quel que***

Il faut regarder les mots qui suivent.

- Placé devant un adjectif, un nom ou un adverbe, ***quelque*** s'écrit en un seul mot.

Ex. : « Quelque confiant qu'il semble, il ne gagnera pas pour autant. »

- Placé devant un verbe, parfois précédé de *en* ou des pronoms personnels il(s) ou elle(s), ***quel que*** s'écrit en deux mots, et *quel* s'accorde avec le sujet du verbe.

Ex. : « Nous acceptons votre retard, quelles qu'en soient les raisons. »

### ASTUCE DU CHEF

Pour mémoriser les adjectifs de couleur provenant de noms communs faisant exception à la règle d'invariabilité, souvenez-vous de leurs initiales : **p**ourpre, **é**carlate, **r**ose, **m**auve et **f**auve → « permf ».

### À VOS FOURNEAUX – EXERCICES COMMENTÉS BREVET

**1 Complétez la phrase suivante à l'aide de *quelque* ou *quel que*. Attention aux accords !**

« ........ soient les résultats, gardons à l'esprit que nous devons marquer ........ points. »

→ **Observer les termes qui suivent le mot à trouver.**

Dans la première occurrence, il s'agit du verbe *être* au subjonctif. On écrira donc *quels que* en deux mots et au masculin pluriel puisqu'il faut l'accorder avec le sujet du verbe être : « les résultats ».

Dans la deuxième occurrence, le mot à trouver est suivi d'un nom ; il fait partie d'un GN : il s'agit d'un déterminant. On écrira donc *quelques* en un seul mot et au pluriel car on l'accord avec le nom qui le suit (« points »).

« **Quels que** soient les résultats, gardons à l'esprit que nous devons marquer **quelques** points. »

**2 Accordez correctement l'adjectif de couleur en ajoutant si besoin la terminaison correspondante.**

[...] le cocher et le valet de pied, avec leur livrée bleu ... sombre [...] se tenaient raides, graves et patients [...].

Émile Zola, *La Curée*, 1871.

→ **Se rappeler que les adjectifs de couleur suivis d'un mot exprimant une nuance restent invariables.**

« bleu sombre » exprime une nuance, l'adjectif « bleu » ainsi employé restera donc invariable.

On écrira : « leur livrée bleu sombre ».

# Les expansions du nom

23

## Les ingrédients

- Dans la phrase « La maison de Sophie se trouve sur le chemin qui mène à l'école », les groupes de mots soulignés sont des **groupes nominaux** (GN), accompagnés d'une **expansion**, c'est-à-dire d'un ou plusieurs mots qui les précisent.

- Le **complément du nom** est une expansion reliée au nom par la **préposition** *de*, *en* ou *à*.
**Exemple :** « un toit **en tuiles** », « un sac **d'école** » ou « ce jardin **à défricher** »

- L'**adjectif épithète** est une expansion fréquente. Lorsque l'adjectif est collé au nom, on parle d'**épithète liée**. Lorsqu'il est séparé du nom par une virgule, il est **épithète détachée**.
**Exemple :** « Une **haute** montagne **escarpée** dominait l'horizon. » « Haute » et « escarpée » sont deux adjectifs épithètes liées au nom « montagne ». Dans la phrase « **Haute** et **escarpée**, la montagne dominait l'horizon. », ils sont épithètes détachées.

**Déterminant + nom (GN minimal)**
*Les feuilles*

**Complément du nom**
*Les feuilles du grand chêne* sont belles.

**Adjectifs épithètes liées**
*Les feuilles pourpres et nervurées* sont belles.

**Adjectifs épithètes détachées**
*Pourpres et nervurées, les feuilles* sont belles.

**Apposition**
*Colorées par l'automne, les feuilles* sont belles.

**Proposition subordonnée relative**
*Les feuilles qui jonchent le chemin* sont belles.

- Une **apposition** est un autre GN qui précise le sens du groupe nominal principal, dont il est séparé par une **virgule**.
**Exemple :** « **Le chapeau sur la tête**, les hommes les plus vieux s'en allaient devant ». « Le chapeau sur la tête » est apposé au groupe nominal « les hommes les plus vieux ».

- La **proposition subordonnée relative** est introduite par les **pronoms relatifs** *qui*, *que*, *quoi*, *dont*, *où*, *lequel* (et ses composés), qui **reprennent** le nom. Ce nom est l'**antécédent** du pronom relatif.
**Exemple :** dans la phrase « La femme **qui parle** est écrivaine. », le pronom « qui » reprend le nom « femme ». « Femme » est l'antécédent de « qui ».

Les **expansions du nom** permettent de préciser et d'enrichir le nom. Avec lui, elles forment un **groupe nominal étendu**.

# La recette pour réussir

## SAVOIR FAIRE

**Comment employer la proposition subordonnée relative**

- Choisir le bon **pronom** : « le livre que je tiens » ; le livre dont je parle ».
- Éviter de construire des propositions relatives trop longues.
- Séparer si besoin l'antécédent du pronom par une **virgule** : « Le chat, qui dormait sur le fauteuil, était repu. »

## ASTUCE DU CHEF

Lorsque vous rédigez une description, variez et combinez les expansions du nom pour enrichir et préciser vos propos.

Ex. : « Les arbres exhalaient une douce odeur. » → les arbres en fleurs ; les grands arbres centenaires en fleurs ; en fleurs, les arbres centenaires qui longeaient l'allée…

## À VOS FOURNEAUX – EXERCICES COMMENTÉS BREVET

### 1 Repérez l'expansion du nom souligné et indiquez sa nature.

Ils s'étaient construits des huttes avec des troncs d'arbres, pour s'abriter contre le soleil, dont la flamme brûle tout dans ce pays-là […].

Émile Zola, *Le Ventre de Paris*, 1873.

→ **« Soleil » est suivi du pronom relatif « dont », qui introduit une proposition relative.**

Le nom « soleil » est suivi de la proposition relative « dont la flamme brûle tout dans ce pays-là ».

### 2 Repérez les deux propositions subordonnées relatives dans cet extrait.

Mais je prenais des leçons de calcul, d'histoire, de géographie et de littérature d'une succession de professeurs dont les visages ont laissé aussi peu de traces dans ma mémoire que les matières qu'ils étaient chargés de m'enseigner.

Romain Gary, *La Promesse de l'aube*, 1960.

→ **La proposition subordonnée suit un nom et commence par un pronom relatif (*qui, que, quoi, dont, où, lequel* et composés) : il faut donc chercher les noms suivis d'un pronom relatif.**

Les noms suivis d'un pronom relatif sont « mémoire » et « matières ».

→ **Attention : une proposition relative peut en inclure une autre.**

Les deux propositions relatives sont :

– « dont les visages ont laissé aussi peu de traces dans ma mémoire que les matières qu'ils étaient chargés de m'enseigner » (cette proposition complète le nom « mémoire ») ;

– « qu'ils étaient chargés de m'enseigner » (cette proposition complète le nom « matières »).

# Le verbe

24

## Les ingrédients

Le verbe se conjugue selon un **temps** et un **mode**, et peut varier en personnes. Il s'accorde en genre et en nombre avec son sujet.
**Exemple :** « Les enfants viennent dîner. » Qui est-ce qui vient dîner ? → « les enfants ».

(Les enfants : Sujet ; viennent : Verbe)

### VERBES D'ACTION, VERBES D'ÉTAT

- Le verbe peut indiquer une **action** (*manger*, *penser*). S'il admet un COD, comme le verbe *manger*, on dit qu'il est **transitif**. Dans le cas contraire (ex. : *dormir*), on parle de verbe **intransitif**.
- Le verbe peut également indiquer un **état** (*paraître*, *sembler*, etc.). Il introduit alors très souvent un **attribut du sujet**.

**Exemple :** « Cette femme paraît malade. »

LES ACCORDS VERBAUX

| Si le sujet est… | alors… |
| --- | --- |
| un singulier collectif<br>**Le peuple…** | le verbe est au singulier<br>**…gronde.** |
| un nom comportant des expansions<br>**Le livre des mystères…** | le verbe s'accorde avec le noyau<br>**…est intéressant.** |
| coordonné par « ou » :<br>**Pierre ou Paul…** | le verbe est au singulier<br>**…viendra.** |
| la première personne du pluriel ou équivalent<br>**Mon cousin et moi…** | le verbe s'accorde comme tel<br>**…adorons le surf.** |
| la 2e personne du pluriel ou équivalent<br>**Ton ami et toi…** | le verbe s'accorde comme tel<br>**…allez au théâtre.** |
| « on »<br>**On…** | le verbe est au singulier (« on » = « il »)<br>**…sourit.** |
| « aucun », « personne », « rien »<br>**Rien…** | le verbe est au singulier (= « il »)<br>**…ne m'amuse.** |

### LE PARTICIPE PASSÉ

Le participe passé sert à former les temps composés et la tournure passive. Il peut aussi s'employer seul et fonctionne alors comme un adjectif.
**Exemples :** « Il pleura car il avait perdu sa montre. »

(avait perdu : Passé composé)

« Perdu, il pleura. »

(Perdu : Adjectif)

Le verbe est l'élément central de la phrase. On différencie les **verbes d'action**, transitifs ou intransitifs, et les **verbes d'état**.

# La recette pour réussir

## SAVOIR FAIRE

### Comment accorder le participe passé

- Le participe passé des verbes conjugués **avec l'auxiliaire « être » s'accorde avec le sujet.**

Ex. : « Elles sont parties. »
Sujet

- Le participe passé des verbes conjugués **avec l'auxiliaire « avoir »** ne s'accorde jamais avec le sujet. Il s'accorde avec le COD seulement lorsque celui-ci est **placé avant la forme verbale.**

Ex. : « Il a mangé les tartes avec plaisir. »
« Ces tartes, il les a mangées avec plaisir. »
COD placé avant le verbe

## ASTUCE DU CHEF

La plupart du temps, le participe passé des **verbes pronominaux** s'accorde comme s'il était conjugué avec l'auxiliaire « avoir », bien qu'il soit conjugué avec l'auxiliaire « être ».

Ex. : « Elles se sont acheté une maison. » → *Elles ont acheté quoi ? Une maison.*
Le COD est placé après la forme verbale, donc le participe passé ne s'accorde pas.

## À VOS FOURNEAUX – EXERCICE COMMENTÉ BREVET

**Accordez les participes passés.**

« Mes voisins sont all.... au marché et voilà qu'ils ne retrouvent plus les feuilles qu'ils avaient laiss.... sur la table : ils ne se sont pourtant pas absent.... longtemps ! »

→ **Observer quel auxiliaire est employé et en déduire l'accord du participe passé.**
Le participe passé du verbe « aller » est conjugué avec l'auxiliaire « être ». Il s'accorde donc en genre et en nombre avec le sujet « mes voisins » qui est au masculin, pluriel. On écrira donc : « Mes voisins sont allés au marché ».
Le participe passé du verbe « laisser » est conjugué avec l'auxiliaire « avoir ». Il s'accorde donc avec le COD si celui-ci est placé avant le groupe verbal.

→ **Si c'est l'auxiliaire « avoir », repérer s'il y a un COD et, si oui, observer si celui-ci est placé avant le verbe.**
Le COD du verbe « laisser » est le pronom relatif « qu' », qui a pour antécédent « les feuilles », et qui se trouve **avant** la forme verbale. On écrira donc : « les feuilles qu'ils avaient laissées ».

→ **Si l'on a affaire à un verbe pronominal, l'accord de son participe passé obéit à la règle qui régit la conjugaison avec l'auxiliaire « avoir ».**
On écrira donc : « ils ne se sont pourtant pas absentés longtemps ! ». Le pronom réfléchi « se » est en effet mis pour « eux-mêmes », masculin pluriel.

# Temps et modes personnels

25

## Les ingrédients

### L'INDICATIF

Le **mode indicatif** sert à exprimer des faits. Il comporte **quatre temps simples** et **quatre temps composés**.

- **Le mode indicatif**
  - Temps simples
    - Présent *je marche*
    - Imparfait *je marchais*
    - Futur simple *je marcherai*
    - Passé simple *je marchai*
  - Temps composés
    - Passé composé *j'ai marché*
    - Plus-que-parfait *j'avais marché*
    - Futur antérieur *j'aurai marché*
    - Passé antérieur *j'eus marché*

### LE CONDITIONNEL

- Le **conditionnel** indique que la réalisation de l'action est **éventuelle**, **soumise à une condition**.
- Si l'action paraît **irréalisable**, on parle d'irréel du présent ou du passé.
**Exemple :** « Si la fenêtre d'Yvonne de Galais s'était allumée aussi, j'aurais osé, je crois, monter l'escalier. » (Alain-Fournier, *Le Grand Meaulnes*, 1913).
- Employé dans une proposition subordonnée suivant une proposition principale au passé (imparfait, passé simple, plus-que-parfait), il sert à exprimer le futur dans le passé.
**Exemple :** « Il ne savait pas encore qu'il deviendrait peintre. »

- **Le conditionnel**
  - Présent *tu viendrais*
  - Passé *tu serais venu*

### LE SUBJONCTIF

- Il permet d'exprimer un **fait possible**, qu'il soit réel ou irréel, ou un **souhait**, une **volonté** ou un **doute**.
- Il comporte **quatre temps**. On l'emploie obligatoirement dans les **propositions complétives** introduites par « **que** ».
**Exemple :** « Elle souhaite que tu sois patiente ».

- **Le mode subjonctif**
  - Temps simples
    - Présent *que je marche*
    - Imparfait *que je marchasse*
  - Temps composés
    - Passé *que j'aie marché*
    - Plus-que-parfait *que j'eusse marché*

### L'IMPÉRATIF

On ne l'utilise qu'au **présent** et qu'à trois personnes : la 2e personne du singulier et du pluriel (*Viens ! Venez !*), et la première personne du pluriel (*Mangeons !*). L'impératif sert à donner un **ordre**, **interdire** ou **conseiller**.
**Exemple :** « Ne nous dérangez sous aucun prétexte. »

# La recette pour réussir

## SAVOIR FAIRE

**Comment identifier ou conjuguer les temps composés de l'indicatif**

- S'assurer de l'emploi de la forme composée en notant la présence de l'auxiliaire et du participe passé du verbe
- Être attentif à l'auxiliaire : il porte la marque du temps simple correspondant :

« Elle a pris » = passé composé → l'auxiliaire est conjugué au présent.

« J'avais chanté » = plus-que-parfait → l'auxiliaire est conjugué à l'imparfait

« Tu seras venu(e) » = futur antérieur → l'auxiliaire est conjugué au futur simple

« Nous eûmes mangé » = passé antérieur → l'auxiliaire est conjugué au passé simple

## ASTUCE DU CHEF

Pour ne pas confondre la première personne du futur simple de l'indicatif (*je dirai*) et celle du présent du conditionnel (*je dirais*), transformez la phrase en utilisant la deuxième personne (*tu*).

Ex. : « Je dir**ai** merci à ma grand-mère. » → « Tu dir**as** merci à ta grand-mère. » (= futur simple)

« Si je réussissais, je dir**ais** merci à ma grand-mère. » → « Si tu réussissais, tu dir**ais** merci à ta grand-mère. » (= conditionnel)

## À VOS FOURNEAUX – EXERCICE COMMENTÉ BREVET

**À quel mode et à quel temps sont les verbes soulignés ?**

Surtout, si elle te <u>témoigne</u> de la haine, ne bronche pas. […] Nina est une enfant. Toi, non. Alors ne te <u>laisse</u> pas avoir. Elle a été trompée. Toi, tu connais la vérité. Quand tu <u>auras gagné</u>, tu <u>aviseras</u>. […] »

Véronique Massenot, *Lettre à une disparue*, 2007.

→ **Pour déterminer le mode, observer de quelle manière est envisagée l'action. Si les faits sont exprimés de manière neutre, il s'agit de l'indicatif. Si l'action est envisagée sous la forme d'un ordre, il s'agit de l'impératif.**

« Témoigne », « auras gagné » et « aviseras » sont au mode indicatif.
« Laisse » est au mode impératif.

→ **Pour déterminer le temps, il faut savoir si l'action s'accomplit dans le passé, le présent ou le futur, puis regarder s'il s'agit d'un temps simple ou d'un temps composé (auxiliaire + participe passé).**

« Témoigne » est au présent de l'indicatif. « Laisse » est au présent de l'impératif. « Auras gagné » est au futur antérieur de l'indicatif. « Aviseras » est au futur simple de l'indicatif.

# Les valeurs des temps de l'indicatif

26

## Les ingrédients

### LE PRÉSENT

Le présent de l'indicatif prend différentes **valeurs**.

**Présent d'énonciation ou d'actualité**
Il exprime une action proche du moment où l'on parle.
*À qui téléphones-tu ?*

**Présent de narration**
Dans un récit au passé, il rend l'action plus vivante.
*À qui s'en prendre de ce dégât ? Personne d'autre que moi n'était rentré dans la chambre. On m'interroge : je nie d'avoir touché le peigne.* (Rousseau)

**Présent d'habitude ou de répétition**
Il exprime des actions qui se répètent ou sont habituelles.
*Je prends toujours mon sac de sport le lundi.*

**Présent de vérité générale**
Il exprime des observations vraies de tout temps, comme dans les proverbes ou les moralités.
*Tout flatteur vit au dépend de celui qui l'écoute.* (La Fontaine)

### LES TEMPS DU PASSÉ

- Dans les **récits au présent**, le passé se construit à l'aide du **passé composé**.
- Dans les **récits au passé**, le **passé simple** sert à décrire les actions de premier plan et les événements qui se succèdent, l'**imparfait** évoque les actions de second plan et les descriptions et le **plus-que-parfait** des événements antérieurs au récit.

**Exemple :** « Il se cala dans un recoin du bâtiment, […] attendit quelques secondes pour être certain qu'aucun monstre n'avait détecté ses mouvements, et lâcha un instant la souris […]. Il avait encore soif. » (Christian Lehmann, *No Pasarán, le jeu*, 1996)

### LE FUTUR

Le **futur simple** exprime un **fait postérieur** aux événements racontés. Le **futur antérieur** exprime une action **postérieure** aux événements racontés, mais **antérieure à un autre événement**.

**Exemple :** « Dès que tu auras rendu (Futur antérieur) cette évaluation, tu te sentiras (Futur simple) bien mieux. »

Les **temps composés** expriment des faits antérieurs aux faits exprimés par les verbes conjugués aux **temps simples**.

# La recette pour réussir

### SAVOIR FAIRE

**Comment trouver les valeurs du présent**

- Noter la présence de compléments circonstanciels de temps (*souvent*, *chaque soir*...) : ils indiquent le **présent d'habitude** ou de répétition.
- Garder à l'esprit que le **présent de narration** intervient dans un texte majoritairement au passé : les verbes qui précèdent les verbes au présent de narration doivent donc être au passé simple, à l'imparfait et/ou au plus-que-parfait.
- Observer les dialogues : le **présent d'énonciation** ou d'actualité s'y déploie souvent.
- Pour isoler le **présent de vérité générale**, lisez attentivement les faits énoncés : on ne doit pas pouvoir mettre en doute ces observations scientifiques, morales et objectives.

### ASTUCE DU CHEF

**Imparfait et passé simple** sont très souvent employés ensemble dans les textes au passé.
Pour savoir comment choisir l'un ou l'autre, lisez votre phrase ou votre texte à haute voix en essayant l'un et l'autre temps : vous percevrez ainsi que le choix du temps modifie la manière dont on envisage l'action.

Ex. : « Elle rassembla ses affaires quand son téléphone sonna. »
→ Les deux actions sont successives : l'emploi de « quand » n'est pas adapté.
« Elle rassemblait ses affaires quand son téléphone sonna. »
→ La première action, qui se prolonge en arrière-plan, est interrompue par la seconde, qui est une action de premier plan.

### À VOS FOURNEAUX – EXERCICE COMMENTÉ BREVET

**Quelle est la valeur du présent pour les verbes soulignés ?**

> Je <u>suis</u> jeune il est vrai ; mais aux âmes bien nées
> La valeur n'<u>attend</u> pas le nombre des années.
>
> Corneille, *Le Cid*, II, 2, 1637.

→ **Se rappeler des valeurs du présent de l'indicatif. Attention : il est possible que le temps ait une valeur différente pour l'un et l'autre verbe.**
Le verbe *être* est au présent d'actualité : le fait énoncé évoque le moment où le personnage parle.
Le verbe *attendre* est au présent de vérité générale : le fait énoncé est vrai « de tout temps », et la phrase ressemble à un proverbe.

# Familles, formation et sens des mots

27

## Les ingrédients

### LE RADICAL, LA RACINE, LES FAMILLES DE MOTS

- L'**histoire** des mots, l'étymologie, s'intéresse aux racines **grecques et latines**. Chercher l'étymologie permet souvent d'éclairer le sens d'un mot.
**Exemple :** on trouvera facilement le sens de « puéril » (« enfantin ») si l'on sait que *puer*, en latin, signifie « enfant ».

- Le **radical** est le mot simple qui compose nécessairement un terme. Ainsi, ***tabl-*** est le radical des mots ***tabl**ette* et *at**tabl**é*. Les mots ayant le même radical forment une **famille**.

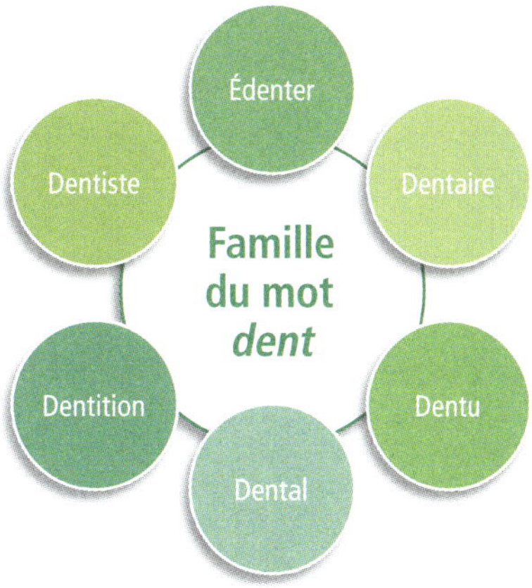


### LA FORMATION DES MOTS ET L'ENRICHISSEMENT DU LEXIQUE

- En ajoutant un **préfixe** (*content* → ***mé**content*) ou un **suffixe** (*regret* → *regrett**able***) au radical, on forme des **mots complexes par dérivation**.

- Le lexique s'enrichit également par **composition**, c'est-à-dire grâce à la fusion d'un terme avec un autre terme (*timbre-poste*, *portefeuille*) et par **emprunts** à d'autres langues. Le verbe *hisser* vient ainsi de l'allemand.

### LES MOTS ET LEURS SENS

- Certains auteurs créent des **néologismes**, c'est-à-dire de nouveaux mots. On utilise par exemple le néologisme *courriel* pour désigner le courrier électronique.

- Certains termes sont **polysémiques**, c'est-à-dire qu'ils ont plusieurs sens, identifiables grâce au contexte. L'ensemble des sens d'un mot constitue son **champ sémantique.**
**Exemple :** *vivre* signifie, selon le contexte, « habiter », « respirer », « traverser des épreuves » ou « subsister ».

- Le **sens propre** des mots se réfère souvent au sens concret, alors que le sens figuré concerne l'usage du terme dans une **expression**.
**Exemple :** le terme *chat* est employé au sens figuré dans l'expression « avoir un chat dans la gorge ».

Un mot est composé au minimum d'un **radical**, auquel on peut ajouter préfixe et suffixe. La langue évolue ainsi par dérivation, mais également par composition et emprunts.

# La recette pour réussir

## SAVOIR FAIRE

**Comment déterminer le sens d'un mot complexe**

Observer les **préfixes** : ils donnent d'importantes indications de sens : ainsi, dans le terme *périurbain*, *péri-* a le sens de « autour », et dans le mot *subaquatique*, *sub-* signifie « sous ».

**Comment trouver la classe grammaticale d'un mot complexe**

Observer les **suffixes** : ils indiquent la classe grammaticale du mot. Ainsi, on saura qu'*égal**iser*** est un verbe, *égale**ment*** un adverbe, *égal**ité*** un nom.

## ASTUCE DU CHEF

Il ne faut pas confondre le **champ sémantique** et le **champ lexical**. Ce dernier désigne, dans un texte, l'ensemble des mots se rapportant à un même thème (→ *voir fiche 7*).

## À VOS FOURNEAUX – EXERCICES COMMENTÉS BREVET

**1 Trouvez des termes de la famille du mot « clair ». Attention, le radical peut varier quelque peu.**

→ **On additionne au radical des préfixes et des suffixes.**

On trouvera donc dans les termes : *éclairer, éclaircir, clarté, éclair, éclairage, clairement, clarifier, clarification, clairsemé, clairvoyant.*

**2 1. Expliquez la formation du mot « actuellement ».**

**2. Les expressions « raconter par en dessous » et être « au-dessus de ça » sont-elles à comprendre au sens propre ou au sens figuré ? Que signifient-elles ?**

Actuellement, mon immeuble est sens dessus dessous. Tous les locataires en dessous voudraient habiter au-dessus ! Tout cela parce que le locataire qui est au-dessus est allé raconter par en dessous que l'air que l'on respirait au-dessus était meilleur que celui que l'on respirait à l'étage en dessous ! […] Moi, je suis au-dessus de ça !

Raymond Devos, « Sens dessus dessous », 1976.

→ **1. Séparer le radical du suffixe.**

Le radical est « actuel », mis au féminin (« actuelle »), auquel on ajoute le suffixe « -ment ».

→ **2. Comparer les emplois des termes « en dessous » et « au-dessus », répétés plusieurs fois dans le texte.**

Les termes « en dessous » et « au-dessus » sont employés ici dans la formation d'expressions familières, qui sont absurdes si on les entend au sens propre.
« Raconter par en dessous » et être « au-dessus de ça » sont des expressions à comprendre au sens figuré. La première signifie « raconter sournoisement » et la seconde signifie « ne pas prêter attention à ces réflexions peu importantes ».

# Synonymes, antonymes et homophones

28

## Les ingrédients

### SYNONYMES, ANTONYMES ET HOMOPHONES LEXICAUX

| Synonymes | Antonymes | Homophones lexicaux |
|---|---|---|
| Mots de sens proche<br>*parler, dire, déclarer* | Mots de sens contraire<br>*partir ≠ rester* | Mots se prononçant pareils mais s'écrivant de manière différente<br>*verre* (récipient), *vers* (préposition indiquant la direction), *vert* (couleur), et *ver* (animal) |

### LES HOMOPHONES GRAMMATICAUX (→ *voir aussi fiche 22*)

**Seul le sens de la phrase** permet de les écrire correctement.

**et/es/est**

**Exemple :** « Pierre et toi êtes complices. Tu es intelligent, il est malin. ».

- **« Et »** est une **conjonction de coordination** signifiant « et puis ».
- **« Es »** et **« est »** sont des formes du **verbe « être »** conjugué au présent de l'indicatif, aux deuxième et troisième personnes du singulier. On peut écrire ainsi à l'imparfait : « Tu étais intelligent, il était malin. »

**son/sont**

**Exemple :** « Il lui prête son livre car ils sont amis. »

- **« Son »** est un **déterminant possessif**.
- **« Sont »** est la forme de la troisième personne du pluriel du **verbe « être »** au présent de l'indicatif.

**tout**

- Lorsque « tout » est un **déterminant indéfini**, il s'accorde en genre et en nombre avec le nom (« J'ai pris toutes les épingles »). Il peut être également **pronom indéfini** (« Je les ai toutes »).
- Lorsqu'il a le sens de « très », qu'il est suivi d'un adjectif ou d'un autre adverbe, « tout » est un **adverbe**, normalement invariable (« Les tissus sont tout froissés »). Attention cependant : si l'adjectif qui le suit est féminin et commence par une consonne (ou un « h » aspiré), « tout » s'accorde en genre et en nombre avec lui (« Les épingles sont toutes petites »).

# La recette pour réussir

## SAVOIR FAIRE

**Comment orthographier correctement un homophone grammatical**

**Remplacer l'homophone** grammatical par un autre terme, ou essayer de **changer le temps** s'il semble s'agir d'un verbe, permettra d'identifier la classe grammaticale du mot (verbe, déterminant, pronom, etc.) et donc de l'orthographier correctement.

**a/à**
- **a** : verbe *avoir* au présent de l'indicatif (3e pers. du sing.)
- **à** : préposition

**es/est/et**
- **es** : verbe *être* au présent de l'indicatif (2e pers. du sing.)
- **est** : verbe *être* au présent de l'indicatif (3e pers. du sing.)
- **et** : préposition

**son/sont**
- **son** : déterminant possessif
- **sont** : verbe *être* au présent de l'indicatif (3e pers. du plur.)

**on/ont**
- **on** : pronom indéfini
- **ont** : verbe *avoir* au présent de l'indicatif (3e pers. du plur.)

**tout**
- **tout** : déterminant
- **tout** : pronom indéfini
- **tout** : adverbe

## ASTUCE DU CHEF

Évitez les erreurs en dictée : souvenez-vous que **« tout »** suivi d'un déterminant masculin singulier se termine par un *-t*, alors que **« tous »** suivi d'un déterminant masculin pluriel se termine par un *-s*.

Ex. : « **tout** le monde » ; « **tous** les élèves ».

## À VOS FOURNEAUX – EXERCICE COMMENTÉ BREVET

**Complétez la phrase suivante à l'aide du mot « tout » (attention aux accords). Déterminez sa classe grammaticale dans chacun des cas.**

« Ces affaires sont à jeter, mais ..... les autres sont à conserver, notamment ces cahiers ..... cornés. »

→ **Dans le premier cas, « tout » intervient dans un groupe nominal : il s'accorde avec le nom noyau.**

On écrira donc : « ces affaires sont à jeter, mais **toutes** les autres sont à conserver ». « Toutes » est ici un déterminant indéfini.

→ **Dans le second cas, « tout » peut être remplacé par « très ».**

On écrira « notamment ces cahiers **tout** cornés » parce que « tout » est ici un adverbe qui a le sens de « très ».

# La phrase

29

## Les ingrédients

### PHRASE NON VERBALE, PHRASE SIMPLE ET PHRASE COMPLEXE

- Le verbe est souvent un élément indispensable à la phrase. Cependant, il arrive que certains écrivains l'éludent, créant une phrase **non verbale** dont le sens naît grâce au **contexte**.

> « Oh ! L'île déserte, les bêtes féroces, les pluies éternelles […] – mais pas les leçons du soir ! »
>
> **Jules Vallès**, *L'Enfant*, 1878-1879.

- Une phrase ne comportant qu'**un seul verbe** est une **phrase simple**.
- La **phrase complexe** comporte **deux ou plusieurs** verbes. Chaque verbe, son sujet et ses compléments, s'il en possède, constituent une **proposition**.

**Exemple :** « Tous les jours, je **fais** mes exercices et je les **rends** le lendemain. »
(Proposition 1 : Tous les jours, je fais mes exercices — Proposition 2 : je les rends le lendemain)

**Phrase non verbale**
- Pas de verbe → *Quel malheur !*

**Phrase simple**
- Un seul verbe → *Il **dort**.*

**Phrase complexe**
- Deux ou plusieurs verbes qui gouvernent autant de propositions → *Il **est allé** à Paris, puis **s'est rendu** à Vienne.*

### LES QUATRE TYPES DE PHRASES

| La phrase déclarative | La phrase interrogative | La phrase exclamative | La phrase injonctive |
|---|---|---|---|
| • Donne une information.<br>• Se termine par un point. | • Est utilisée pour poser une question.<br>• Débute par une inversion du sujet ou un mot interrogatif.<br>• Se termine par un point d'interrogation. | • Exprime le sentiment ou la réaction du locuteur.<br>• Se termine par un point d'exclamation. | • Permet de donner un ordre ou un conseil.<br>• Le verbe est à l'infinitif, à l'impératif ou au subjonctif. |
| *Je marche dans la rue.* | *<u>Quel</u> âge ce monsieur <u>a-t-il</u> ?* | *Au voleur !* | *Taisez-vous !* |

- Une **phrase simple** contient un verbe ; une **phrase complexe** contient plusieurs verbes.
- La ponctuation est un élément qui détermine les types de phrases.

# La recette pour réussir

## SAVOIR FAIRE

**Comment construire une phrase interrogative**

- À l'oral, dans un **registre familier**, utiliser une phrase déclarative et une intonation montante.
Ex. : « Vous viendrez au cinéma, ce soir ? »
- À l'écrit ou à l'oral, dans un **registre de langue courant**, employer la formule « est-ce que ».
Ex. : « Est-ce que vous viendrez au cinéma, ce soir ? »
- À l'écrit ou à l'oral, dans un **registre de langue soutenu**, procéder par inversion du sujet.
Ex. : « Viendrez-vous au cinéma, ce soir ?
- Pour effectuer une **demande polie**, utiliser l'inversion du sujet associée à un mode ou à un temps verbal adapté.
Ex. : « Souhaiteriez-vous venir au cinéma, ce soir ? »

## ASTUCES DU CHEF

- Les phrases non verbales sont pour beaucoup des phrases exclamatives (ex. : « Quelle chaleur ! »).
- Les types de phrase exclamatif et injonctif se combinent fréquemment. On écrira par exemple : « Que ce chien sorte immédiatement ! ». Il s'agit là d'une phrase injonctive, comme nous le montre l'emploi du subjonctif exprimant un ordre, et exclamative, comme l'indique le point d'exclamation.

## À VOS FOURNEAUX – EXERCICE COMMENTÉ BREVET

**Relevez une phrase non verbale. Relevez ensuite une phrase déclarative que vous transformerez en phrase injonctive.**

ZERBINETTE. – Ah, ah, ah, ah, la plaisante histoire, et la bonne dupe que ce vieillard !
GÉRONTE. – Il n'y a rien de plaisant à cela, et vous n'avez que faire d'en rire.
ZERBINETTE. – Quoi ? que voulez-vous dire, Monsieur ?
GÉRONTE. – Je veux dire que vous ne devez pas vous moquer de moi.

Molière, *Les Fourberies de Scapin*, acte III, scène 3.

→ **Les phrases non verbales ne comportent pas de verbe.**
On peut relever la phrase exclamative : « Ah, ah, ah, ah, la plaisante histoire, et la bonne dupe que ce vieillard ! »

→ **La phrase déclarative se termine par un point et donne une information.**
On relèvera donc : « Je veux dire que vous ne devez pas vous moquer de moi. »

→ **Pour la transformer en phrase injonctive, on utilisera l'impératif.**
La phrase devient alors : « Ne vous moquez pas de moi ! »

# Les formes de phrases



## Les ingrédients

### PHRASES AFFIRMATIVE ET NÉGATIVE

- Une phrase ne comportant pas de négation est considérée comme une **phrase affirmative**. À l'inverse, la présence d'une négation entourant le verbe entraîne une **phrase négative**.

- La négation la plus fréquente est « ne… pas ». La locution « ne… que », qui équivaut à « seulement », amène une restriction. Pour assurer les liaisons négatives, on emploie l'adverbe « ni » (ex. : « Je ne veux <u>ni</u> bonbon <u>ni</u> chocolat »).

### LES FORMES IMPERSONNELLE ET EMPHATIQUE

- La construction **impersonnelle** est employée avec certains verbes, comme « falloir » ou « pleuvoir ».
**Exemples :** « <u>Il</u> pleut. » ou « <u>Il</u> faut que je lise ce roman. » Dans ce cas, « il » n'est pas un sujet réel.

- La construction **emphatique** sert à **mettre en valeur** un élément de la phrase. On l'obtient en détachant un élément au début, avant une virgule, en procédant par reprise pronominale, ou encore en utilisant la locution présentative « c'est… que » ou l'adverbe « voici », et leurs équivalents.
**Exemples :** « <u>Le chien</u>, <u>lui</u>, fila sans demander son reste. » ; « <u>C'est</u> mon chien <u>qui</u> a rapporté le journal. »

### LA FORME PRONOMINALE

À la forme pronominale, le verbe est précédé d'un **pronom réfléchi** (« **se** lever »). Le verbe pronominal peut avoir un **sens réfléchi** (il exprime alors une action faite par le sujet pour lui-même : « il se baigne ») ou un **sens réciproque** (son sujet, toujours au pluriel, représente un ou plusieurs éléments agissant l'un sur l'autre : « ils se sont battus »).

### LES FORMES ACTIVE ET PASSIVE

À la **forme active**, le sujet **fait l'action** indiquée par le verbe. À la forme passive, le sujet **subit l'action**. Le complément d'objet devient alors **complément d'agent**.

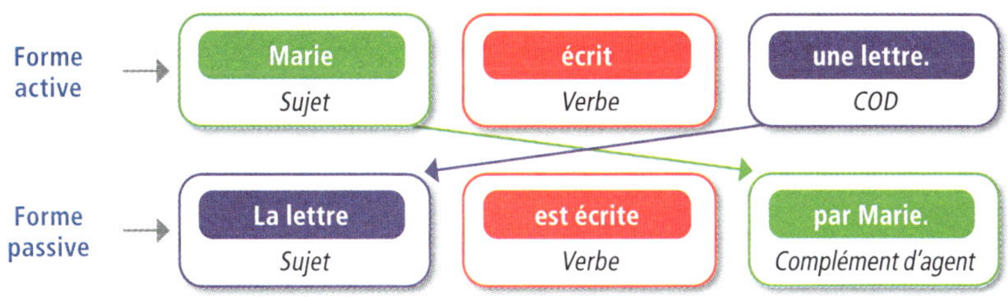

## La recette pour réussir

### SAVOIR FAIRE

**Comment déterminer les différentes formes de phrases ?**

• S'intéresser à la **construction de la phrase** pour trouver la **forme emphatique** par détachement (présence d'un groupe de mots en début de phrase, repris par un pronom personnel après la virgule) et la **forme passive** (le sujet du verbe ne fait pas l'action, mais la subit).

• Repérer la **présence de certains mots** :

– « **il** » ne renvoyant à aucun antécédent annonce une **phrase impersonnelle** ;

– « **ne... pas** » annonce une **phrase négative** ;

– les **pronoms réfléchis** (*me*, *te*, *se*, *nous*, *vous*, *se*) avant le verbe peuvent indiquer une **forme pronominale** ;

– « **c'est** », « **voilà** », « **il y a** » annoncent la **forme emphatique**.

### ASTUCES DU CHEF

• Veillez à ne pas confondre phrase négative et phrase affirmative comportant un verbe de sens négatif.

Ex. : « Je ne veux pas. » est une phrase négative, mais « Je refuse. » est une phrase affirmative.

• N'oubliez pas que les différentes formes de phrases peuvent se combiner entre elles, et se combinent aux types de phrases.

Ex. : « Ce gâteau n'a-t-il pas été fait par Solène ? » est une phrase interrogative, négative et passive.

### À VOS FOURNEAUX – EXERCICE COMMENTÉ BREVET

**Les verbes pronominaux soulignés ont-ils un sens réfléchi ou réciproque ?**

« Les jours se suivent et ne se ressemblent pas. »

→ **Observer si les verbes pronominaux soulignés expriment un retour de l'action faite par le sujet sur le sujet lui-même.**

Ce n'est pas le cas pour les deux verbes soulignés ici.

→ **Observer si les verbes pronominaux ont un sujet au pluriel, ce qui est toujours le cas des verbes pronominaux à sens réciproque.**

« Se suivent » et « se ressemblent » ont bien un sujet au pluriel (« les jours ») ; « se suivre » et « se ressembler » sont donc bien des verbes pronominaux à sens réciproque.

# Fonctions liées au verbe et à la phrase

31

## Les ingrédients

- Le **sujet** du verbe s'identifie en posant la question « qui est-ce qui… ? » **Exemple :** « Mon père lit. » Qui est-ce qui lit ? → « Mon père ». « Mon père » est le sujet du verbe « lire ».

- L'**attribut du sujet** est précédé de l'auxiliaire « être » ou d'un verbe attributif : « sembler », « paraître », « avoir l'air », etc. **Exemple :** « Sarah semble seule. » « Seule » est attribut du sujet « Sarah ».

- Les **compléments essentiels du verbe** ne peuvent être ni déplacés, ni supprimés. Le **complément d'objet direct** (COD) suit le verbe et répond à la question « qui ? » ou « quoi ? ». Le **complément d'objet indirect** (COI) suit le verbe, dont il est séparé par une préposition. Il répond à la question « à/de qui ? », ou « à/de quoi ? ». **Exemples :** « Héloïse lit une BD. » Héloïse lit quoi ? → « une BD », COD du verbe « lire ». « J'écris à ma sœur. » J'écris à qui ? → « à ma sœur », COI du verbe « écrire ».

- Le **complément d'agent** suit un verbe à la tournure passive. Il est introduit par les prépositions « par » ou « de ». **Exemple :** « La maison est hantée par un fantôme. » Le verbe « hanter » est au présent de l'indicatif passif ; « par un fantôme » est le complément d'agent.

- Les **compléments de phrase** ou compléments **circonstanciels** ne sont pas essentiels : ils indiquent les circonstances dans lesquelles se déroule l'action. La plupart du temps, ils peuvent être supprimés ou déplacés.

### Les principaux compléments de phrase

| | |
|---|---|
| **Complément de temps** | Il répond à la question « quand ? ». *Ex. : Il part **demain**.* |
| **Complément de lieu** | Il répond à la question « où ? ». *Ex. : Il joue **dans sa chambre**.* |
| **Complément de moyen** | Il indique le moyen avec lequel se fait l'action. *Ex. : Il se rend à l'école **en vélo**.* |
| **Complément de manière** | Il indique la manière dont se déroule l'action. *Ex. : Léa lit **très vite**.* |
| **Complément de but** | Il indique l'objectif visé par l'action. *Ex. : Je mets un manteau **pour sortir**.* |
| **Complément de cause** | Il exprime la raison de l'action et répond à la question « pourquoi ? ». *Ex. : Je rentre **à cause du froid**.* |
| **Complément de conséquence** | Il exprime le résultat de l'action. *Ex. : Je l'ai promis, **donc je le fais**.* |
| **Complément de condition** | Il précise à quelle condition l'action peut se réaliser. *Ex. : **Si je cours**, j'arriverai à l'heure.* |
| **Complément de concession** | Il indique qu'on considère un fait qui ne compte pas dans la réalisation de l'action. *Ex. : **Même si je cours**, j'arriverai en retard.* |

# La recette pour réussir

## SAVOIR FAIRE

### Comment différencier complément d'objet direct et attribut

Il ne faut pas confondre complément d'objet direct et attribut du sujet. Pour cela, il faut observer le verbe :

- un verbe d'état (*sembler, demeurer*) est suivi d'un attribut du sujet ;
- un verbe d'action transitif (*écrire, aimer*) est suivi d'un complément d'objet.

## ASTUCES DU CHEF

- Pour vérifier que vous avez trouvé le complément d'objet direct, transformez la phrase à la voix passive : le COD devient alors sujet du verbe à la forme passive.

Ex. : « Marie écrit une lettre. » → « une lettre » est COD.

« Une lettre est écrite par Marie. » → Le COD de la phrase à la voix active « une lettre » est devenu sujet du verbe (« est écrite ») de la phrase à la forme passive.

- Pour être certain qu'il s'agit d'un attribut du sujet, vérifiez qu'il énonce bien une qualité ou une caractéristique du sujet lui-même.

Ex. : « Mon frère est un excellent pianiste. » Être un « excellent pianiste » est bien une qualité de « mon frère ». « Un excellent pianiste » est donc attribut du sujet « mon frère ».

## À VOS FOURNEAUX – EXERCICES COMMENTÉS BREVET

### 1 Donnez la fonction du groupe de mots souligné.

« Une grille empêche <u>les enfants</u> de sortir. »

→ **Pour trouver la fonction du groupe de mots, il faut voir à quelle question répond le groupe de mots. Il faut poser la question après le verbe.**
Une grille empêche <u>qui</u> de sortir ? Réponse : « Les enfants ».

→ **Le groupe de mots suit le verbe et répond à la question « qui ? ». Sa fonction est donc COD.**
« Les enfants » est complément d'objet direct (COD) du verbe « empêcher ».

### 2 Quelle est la fonction du groupe de mots « au départ » ?

Vous vous demandiez <u>au départ</u> si le rhinocéros d'aujourd'hui est celui de dimanche dernier [...].

Eugène Ionesco, *Rhinocéros*, 1959.

→ **Trouver à quelle question répond l'expression « au départ » et vérifier qu'elle peut être déplacée ou supprimée.**
« Au départ » répond à la question « Quand ? ». On peut bouger ou supprimer ce groupe de mots. Sa fonction est donc complément circonstanciel de temps.

# Les propositions

32

## Les ingrédients

### LES PROPOSITIONS INDÉPENDANTES

Une proposition est un groupe de mots comportant un **verbe** et éventuellement son sujet. Ainsi, la phrase de Victor Hugo ci-dessous contient deux propositions.

> « [Mon corps est aux fers dans un cachot], [mon esprit est en prison dans une idée]. »
> **Victor Hugo**, *Le Dernier Jour d'un condamné*, 1829.

### JUXTAPOSITION ET COORDINATION

Les **propositions indépendantes** possèdent un sens propre. Au sein d'une même phrase, elles peuvent être **juxtaposées** (séparées par une virgule, un point-virgule ou deux-points) ou **coordonnées**, grâce à une **conjonction de coordination** (→ *voir fiche 21*).

**Exemple :** « [Majhina sourit] et [s'éloigna en direction du comptoir]. » (Jean Molla, *Felicidad*, 2005)

### PROPOSITIONS PRINCIPALE ET SUBORDONNÉE

Lorsqu'une autre proposition suit la proposition principale, entretenant un **rapport de dépendance** avec celle-ci, on dit qu'il s'agit d'une proposition **subordonnée**. La proposition subordonnée **ne peut fonctionner seule**.

**Exemple :** « Mon corps, qui porte la marque des chaînes, est aux fers dans un cachot. »

**Les différents types de subordonnées**

**Subordonnées relatives**

*Ma mère, **qui est de bon conseil**, pense que je dois faire du sport.*

*L'école **où j'ai appris à lire** est désormais fermée.*

**Subordonnées conjonctives**

*On m'a dit autrefois **que j'avais un peu trop de menton** […].* (La Rochefoucauld)

*Je ne suis pas allée en classe **parce que j'étais malade**.*

**Subordonnées interrogatives indirectes**

*Je me demande **si tu viendras dîner samedi**.*

*J'aimerais savoir **combien de temps l'épreuve va durer**.*

Une phrase comporte autant de propositions qu'il y a de **verbes conjugués**. Ces propositions peuvent être indépendantes ou entretenir un rapport de dépendance entre elles, que l'on nomme la subordination.

## La recette pour réussir

### SAVOIR FAIRE

**Comment repérer la proposition subordonnée relative**

C'est une **expansion du nom** (→ *voir fiche 23*) introduite par un **pronom relatif** (*qui, que, quoi, dont, où, laquelle, lequel...*) **complément de l'antécédent**.
Ex. : « La maison [que tu vois] est la mienne », le pronom relatif « que » est COD du verbe « voir ».

**Comment repérer la proposition subordonnée conjonctive**

- On la rencontre **après les verbes de déclaration** (*affirmer...*), de **sentiment** (*sentir...*) et de **jugement** (*croire...*).
- Elle débute par une **conjonction de subordination** ou un **mot interrogatif**.

Ex. : « Elle pense [qu'elle va réussir]. »

**Comment repérer la proposition subordonnée interrogative indirecte**

- Repérer le mot interrogatif qui l'introduit (*si*, *quel*, etc.).
- Vérifier qu'elle suit une proposition principale contenant un **verbe interrogatif** (*demander*) ou un verbe ayant un sens négatif (*ignorer*).

Ex. : « Je me demandais [où aller]. »

### ASTUCE DU CHEF

Ne confondez pas **prépositions** (petits mots introduisant des compléments) et **propositions** (groupes de mots comportant un verbe).

### À VOS FOURNEAUX – EXERCICE COMMENTÉ BREVET

**Remplacez les propositions indépendantes coordonnées par une proposition principale et une proposition subordonnée.**

Elle [...] traversa pieds nus sa chambre et elle écarta un peu les stores pour regarder dehors.

J. M. G. Le Clézio, *Lullaby*, 1978.

→ **Repérer les propositions indépendantes en identifiant les propositions (donc les verbes conjugués de la phrase) et en observant si celles-ci peuvent être isolées sans poser un problème de sens.**

Il y a deux propositions indépendantes : « Elle [...] traversa pieds nus sa chambre » et « elle écarta un peu les stores pour regarder dehors ».

→ **Remplacer la conjonction de coordination « et » par une locution conjonctive évoquant la succession. Ici, on placera la subordonnée devant la principale pour une meilleure fluidité de lecture.**

« Après qu'elle eut traversé pieds nus sa chambre, elle écarta un peu les stores pour regarder dehors. »

# La cohérence textuelle : progression, substituts, ponctuation et organisation

33

## Les ingrédients

### LA COHÉRENCE TEXTUELLE

- Pour que le lecteur puisse comprendre un texte, il faut que l'information progresse de manière logique et ne se contredise pas. Cela suppose que chaque phrase apporte une information nouvelle qui entretienne un **rapport logique** avec l'information précédente.

- Une phrase contient un thème et un propos. Le **thème**, souvent exprimé par le groupe sujet, est la réalité dont on parle. Le **propos** est ce que l'on dit de cette réalité.
**Exemple :** « La science-fiction (*Thème*) est un genre littéraire qui intéresse de nombreux lecteurs de tous âges (*Propos*). »

- Dans la **progression linéaire**, le propos de la première phrase devient le thème de la suivante. Dans la **progression constante**, le thème est repris d'une phrase à l'autre et complété par un propos différent.
**Exemples :** « *De la Terre à la Lune* est un roman célèbre. De nombreux lecteurs l'ont lu. » → progression linéaire ; « Le roman *De la Terre à la Lune* est célèbre. Il évoque la manière dont un boulet de canon est envoyé sur la Lune. » → progression constante.

### LES MARQUES DE COHÉRENCE TEXTUELLE

- La cohérence d'un texte passe par l'utilisation de substituts : **pronoms de reprise**, **GN synonymes** ou GN introduits par un **déterminant démonstratif**.
**Exemple :** « Le roman *De la Terre à la Lune* est célèbre. Ce récit évoque la manière dont un boulet de canon est envoyé sur la Lune. »

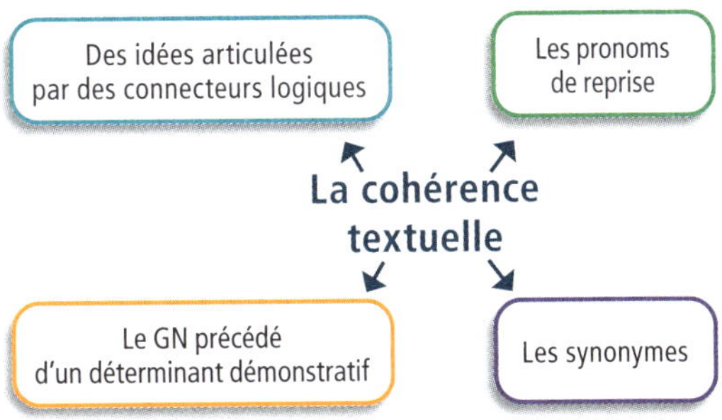


- Les phrases doivent non seulement être reliées entre elles par une progression du thème et du propos, mais les idées doivent être également articulées par des **connecteurs logiques ou chronologiques** (→ *voir fiches 13 et 15*).

Pour qu'un texte puisse être compréhensible, les phrases qui le composent doivent se suivre en apportant des informations nouvelles, le conduisant à progresser de manière logique.

# La recette pour réussir

## SAVOIR FAIRE

### Comment ponctuer correctement un texte

- Former des phrases courtes, n'excédant pas trois lignes manuscrites.
- Vérifier que les phrases de plus d'une ligne comportent des virgules séparant les groupes de mots formant une unité de sens.
- S'interroger sur la visée de la phrase que l'on écrit : si c'est une interrogation, ne pas oublier le point d'interrogation final ; s'il s'agit d'exprimer une émotion, terminer par un point d'exclamation.
- Ne pas doubler les points d'exclamation ni les points d'interrogation à la fin des phrases.
- Diviser le texte en paragraphes : revenir à la ligne pour exprimer une idée différente dans un texte argumentatif, ou lorsqu'il y a, par exemple, une rupture temporelle dans un texte narratif.

## ASTUCES DU CHEF

- Pour augmenter la cohérence de vos réponses lors des évaluations, **reprenez les termes de la question** posée avant d'utiliser des pronoms de reprise.

Ainsi, à la question « Pourquoi Antigone s'oppose-t-elle à Créon ? », répondez en débutant par : « Antigone s'oppose à Créon car... » ; et non par : « Elle s'oppose à lui car... ».

- Utilisez également de manière fréquente des **connecteurs logiques ou chronologiques** afin de lier vos phrases entre elles : *premièrement*, *deuxièmement* ; *tout d'abord*, *ensuite* ; *en effet*, etc.

## À VOS FOURNEAUX – EXERCICE COMMENTÉ BREVET

**Quels sont le thème et le propos de la première phrase ? Quels mots reprennent le GN « une nation », en vert ? Donnez leur classe grammaticale.**

Au vingtième siècle, il y aura **une nation** extraordinaire. Cette nation sera grande, ce qui ne l'empêchera pas d'être libre. Elle sera illustre, riche, pensante, pacifique, cordiale au reste de l'humanité. Elle aura la gravité douce d'une aînée.

Victor Hugo, Paris-Guide de l'exposition universelle, 1867.

→ **Se rappeler que le thème est le sujet, et le propos ce qu'on en dit.**
Le thème de la phrase est « la nation » ; le propos est qu'elle sera « extraordinaire » « au vingtième siècle ».

→ **Observer les GN et les pronoms de reprise.**
Le GN « une nation » est repris par le GN débutant par un déterminant démonstratif « cette nation », puis par les pronoms personnels COD « l' » et le sujet « elle ».

# Les niveaux de langue

34

## Les ingrédients

### LE NIVEAU DE LANGUE FAMILIER

- On l'utilise volontiers à **l'oral**, avec des proches, de manière **spontanée**.

**Exemple :** « Je kiffe trop tes pompes, elles sont grave stylées ! »

- Il est souvent teinté d'**expressions particulières** comme des métaphores incongrues, et la syntaxe des phrases est parfois malmenée.

> « Mais que sonne la demie de dix-huit heures, il […] regagnait à tire-d'aile son Montparnasse natal (car il était né à Montparnasse), où que c'est qu'il avait sa bien-aimée, sa piaule, nous ses potes et ses chers bouquins […]. »
>
> **Georges Perec**, *Quel petit vélo à guidon chromé au fond dans la cour*, 1966.

### LE NIVEAU DE LANGUE COURANT

Le langage courant est celui que l'on utilise pour des communications quotidiennes, orales ou écrites. Les mots sont employés et **compris par tous**, et la **syntaxe est respectée**.

**Exemple :** « Dépêche-toi ! Tu vas être en retard… »

### LE NIVEAU DE LANGUE SOUTENU

Les mots et les tournures sont **rares**, **recherchés**, voire **savants**, et les phrases souvent complexes. À l'oral, il est employé dans des échanges très **polis et formels**. Dans l'extrait ci-dessous, la mère du narrateur s'adresse au roi de Suède :

> « Je viens demander justice à Votre Majesté ! »
>
> **Romain Gary**, *La Promesse de l'aube*, 1960.

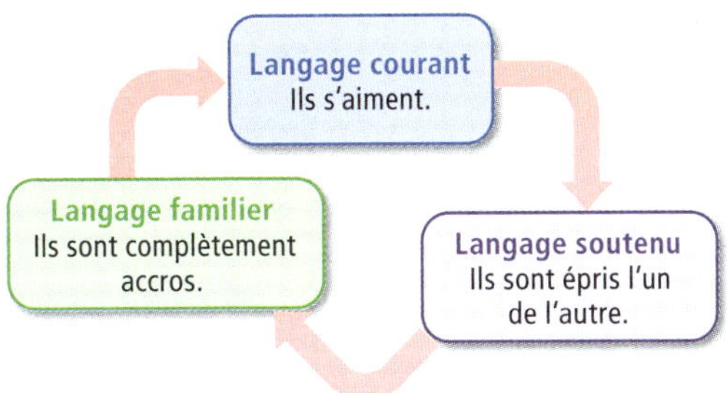

# La recette pour réussir

## SAVOIR FAIRE

**Comment choisir le niveau de langue à utiliser dans un écrit**

- Si le sujet de la rédaction le permet, prêter un **langage familier** aux personnages venant d'un **milieu social peu élevé** ou n'ayant pas reçu d'éducation. Dans *Les Misérables*, Gavroche s'écrie ainsi : « Les mioches, vous êtes chez moi ! »
- Utiliser un **langage soutenu** dans les **descriptions**, pour créer des **effets de style** et montrer l'étendue de son vocabulaire. Ex. : « Allume, dans l'âtre, le dernier feu de l'année ! [...]. Sous ton geste, un ardent bouquet jaillit, enrubanné de fumée [...]. » (Colette, *Les Vrilles de la vigne*, 1908).
- Employer également un langage soutenu pour évoquer l'**atmosphère des siècles passés**. Dans *Tous les matins du monde*, Pascal Quignard décrit de cette façon le personnage Sainte Colombe, vivant au XVIIe siècle : « Il n'était guère assidu à suivre la mode. »
- En poésie, on pourra aussi utiliser un vocabulaire **familier**, comme l'ont fait beaucoup de poètes du XXe siècle, à l'image de Prévert, pour créer une atmosphère intime : « La mère fait du tricot / Le fils fait la guerre » (« Familiale », *Paroles*, 1946).

## ASTUCE DU CHEF

Pour choisir quel niveau de langue employer à l'oral, demandez-vous à qui vous vous adressez : certains modèles de communication ne peuvent supporter l'emploi du langage familier. Ainsi, on emploiera un langage courant ou soutenu pour parler aux professeurs, au principal du collège, au maire de la ville, etc.

## À VOS FOURNEAUX – EXERCICE COMMENTÉ BREVET

**Récrivez le texte en changeant le langage soutenu en langage courant.**

Or, un soir de ces derniers automnes, vers cinq heures, le merveilleux inventeur de tant de prestiges, le magicien de l'oreille [...], Edison, enfin, s'était retiré au plus profond de son laboratoire personnel, c'est-à-dire en ce pavillon séparé de son château.

Auguste de Villiers de L'Isle-Adam, *L'Ève future*, 1886.

→ **Identifier les mots et les tournures complexes.**

« Un soir de ces derniers automnes », « prestiges », « s'était retiré », « au plus profond de », « en ce pavillon » sont des mots et expressions appartenant au langage soutenu.

→ **Trouver leur équivalent en langage courant et récrire la phrase.**

« Or, un soir récent d'automne, vers cinq heures, le merveilleux inventeur de toutes ces choses presque surnaturelles, le magicien de l'oreille [...], Edison, enfin, s'était enfermé à double tour dans son laboratoire personnel, c'est-à-dire dans ce bâtiment séparé de son château. »

# Les registres de texte

35

## Les ingrédients

### LE REGISTRE LYRIQUE

Un texte lyrique exprime, à la première personne (« je »), des **sentiments personnels** et des **émotions**. Ce registre est très employé en **poésie** (→ *voir fiche 8*).

| | |
|---|---|
| **Le registre lyrique** permet au poète d'exprimer ses sentiments personnels | **Le registre pathétique** attise la pitié du lecteur |
| **Le registre tragique** attise la pitié et la terreur du lecteur à travers une situation jouée d'avance | **Le registre épique** amplifie des actions de façon à susciter l'admiration du lecteur |
| **Le registre polémique** se déploie dans une situation conflictuelle, entre deux adversaires | **Le registre comique** suscite le rire du lecteur |

### LES REGISTRES TRAGIQUE ET PATHÉTIQUE

- Le **registre tragique** cherche à provoquer **pitié et terreur**, en utilisant le vocabulaire de la colère impuissante et de la mort.
- Le **registre pathétique** se déploie à travers une **situation malheureuse**. Exprimant les **regrets**, la **tristesse** et la souffrance, il cherche à susciter la **compassion**.

### LES REGISTRES ÉPIQUE ET POLÉMIQUE

- Le registre épique est marqué par la **succession des actions** et un vocabulaire exprimant l'**exagération** : c'est, à l'origine, le ton de l'**épopée**, un poème narratif évoquant des exploits. Son but est avant tout de **frapper l'imagination** du lecteur.

> « Nous partîmes cinq cents, mais par un prompt renfort,
> Nous nous vîmes trois mille en arrivant au port. »
>
> **Corneille**, *Le Cid*, 1637.

- Le registre polémique est très employé dans les **textes argumentatifs**. Il permet de **provoquer** l'adversaire et d'**attaquer** ou de **défendre** une idée en criant à l'**injustice**.

### LE REGISTRE COMIQUE

Un texte qui fait rire le lecteur appartient au registre comique. S'il repose sur la **caricature** qui tourne en **ridicule** son sujet, il s'agit d'une **satire** (→ *voir fiches 11 et 13*).

Les registres de texte visent à produire un effet particulier chez le lecteur : le rire, la pitié, la terreur…

# La recette pour réussir

## SAVOIR FAIRE

### Comment trouver le registre d'un texte

- Pour trouver à quel registre appartient un texte, il faut se demander **quel effet il veut produire sur le lecteur**. On a affaire au registre comique si l'effet recherché est le rire ; tragique, si les effets recherchés sont la pitié et la terreur ; épique, si l'effet recherché est l'admiration…
- On peut aussi observer le **vocabulaire** utilisé : le registre lyrique fera appel au champ lexical des sensations et des émotions ; le registre épique a souvent recours à un vocabulaire de l'exagération.

## ASTUCE DU CHEF

Ne confondez pas la comédie ou la tragédie, qui sont des **genres** théâtraux, et les **registres** comique et tragique, qui peuvent apparaître également dans d'autres genres.

## À VOS FOURNEAUX – EXERCICE COMMENTÉ BREVET

**Quels registres dominent cet extrait des *Misérables* ? Justifiez votre réponse à l'aide de deux éléments tirés du texte.**

Ce n'était pas un enfant, ce n'était pas un homme ; c'était un étrange gamin fée. […] Il jouait on ne sait quel effrayant jeu de cache-cache avec la mort ; chaque fois que la face camarde du spectre s'approchait, le gamin lui donnait une pichenette. Une balle pourtant, mieux ajustée ou plus traître que les autres, finit par atteindre l'enfant feu follet. On vit Gavroche chanceler, puis il s'affaissa. Toute la barricade poussa un cri […].

Victor Hugo, *Les Misérables*, 1862.

→ **Observer le thème général du texte.**
Le texte évoque la mort d'un enfant, Gavroche, sous les balles des soldats.

→ **Relever les mots qui permettent de créer l'émotion qui se dégage du passage.**
Le ton est triste, comme le suggèrent les expressions « jeu de cache-cache avec la mort », « la face camarde du spectre », ainsi que les verbes « chanceler » et « s'affaisser ». La mort de l'enfant provoque donc la compassion des lecteurs.

→ **Rédiger la réponse.**
Dans ce passage, le registre tragique est présent, car le jeune garçon meurt, mais c'est le registre pathétique qui domine, à travers l'emploi des termes « jeu de cache-cache avec la mort », « la face camarde du spectre », ainsi que les verbes « chanceler » et « s'affaisser ». La mort de l'enfant provoque la compassion des lecteurs.

# Discours direct, indirect et indirect libre

36

## Les ingrédients

### LE DISCOURS DIRECT

- Le discours direct est isolé du récit par des marques de **ponctuation** spécifiques : les deux-points introduisent les paroles, les guillemets enserrent le passage dialogué, et le tiret marque le changement de locuteur.
- Les paroles sont souvent introduites par le **verbe déclaratif** « dire » ou ses synonymes.

**Exemple :** Papa gronda : « Allons, ne dis pas sottises. »

- On rencontrera également des **propositions incises**.

**Exemple :** « – Allons, ne dis pas de sottises ! », gronda papa.

### LE DISCOURS INDIRECT

Le discours indirect rapporte les propos à l'aide d'une **proposition subordonnée** à une proposition principale contenant un verbe de parole.

**Exemple :** Je lui **demandai** pourquoi il refusait d'apprendre.

Proposition principale — Proposition subordonnée

### LE DISCOURS INDIRECT LIBRE

Le discours indirect libre ne comporte **pas de marques explicites** : ni ponctuation particulière ni verbe introducteur. Les paroles sont rapportées sans que la situation d'énonciation soit changée : ce sont les paroles du personnage ou ses pensées. Dans le passage suivant, le narrateur, en salle d'étude, est plongé dans la lecture de *Robinson Crusoé*.

**Discours direct**
→ Dialogue

**Discours indirect**
→ Narration
→ Prop. principale contenant un verbe introducteur + prop. subordonnée.
*Ex. : Il dit qu'il va pleuvoir.*

**Discours indirect libre**
→ Narration
→ Pas de changement dans la situation d'énonciation
→ Paroles du personnage

> « La faim me vient : j'ai très faim ! Vais-je être réduit à manger ces rats que j'entends dans la cale de l'étude ? »
>
> **Jules Vallès**, *L'Enfant*, 1879.

Un dialogue est un passage au discours direct. Pour rapporter les paroles d'un personnage sans interrompre le cours du récit, on a recours au discours indirect.

# La recette pour réussir

## SAVOIR FAIRE

### Comment repérer le discours indirect

Se rappeler que la proposition subordonnée est introduite par « **que** » ou un **mot interrogatif**. Certains verbes introducteurs nécessitent cependant une **construction infinitive**, annoncée par « de ».
Ex. : Elle me proposa de rester.

### Comment passer du discours indirect au discours direct

- Modifier la **ponctuation**, les **pronoms** et les **temps verbaux**.
- Ajouter la ponctuation de dialogue : guillemets, tirets s'il s'agit d'une conversation à plusieurs.
- Introduire, si besoin, les paroles rapportées à l'aide de verbes déclaratifs.

Ex. : Je lui demandai pourquoi il refusait d'apprendre.
→ Je lui demandai : « Pourquoi refuses-tu d'apprendre ? »

## ASTUCE DU CHEF

Dans un dialogue, vous pouvez utiliser, à la place des verbes introducteurs déclaratifs, des verbes d'opinion (*croire*, *estimer*...) ou des verbes descriptifs (*sourire*, *s'étonner*...). Cela vous permettra d'éviter les répétitions et de rendre votre texte plus vivant.

## À VOS FOURNEAUX – EXERCICE COMMENTÉ BREVET

**Récrivez cette phrase au discours indirect, en commençant par : « Mon oncle déclara ».**

« Ça ne peut plus durer, mon garçon, j'ai beaucoup réfléchi et je suis convaincu que j'ai raison d'avoir pris une décision importante. »

Patrick Modiano, *Livret de famille*, 1977.

→ **Respecter les temps du récit au passé ainsi que la concordance des temps.**
« Mon oncle déclara que ça ne pouvait plus durer... » ; « avait ... réfléchi » ; « était convaincu ».

→ **Être attentif aux changements de pronoms et de ponctuation.**
On passe de la 1re personne du singulier à la 3e personne du singulier ; les guillemets disparaissent.

→ **Adapter le texte si nécessaire.**
Ici, pour éviter les lourdeurs avec la répétition du pronom relatif « qu' » suivi de l'auxiliaire « avoir », on pourra modifier la dernière partie de la phrase.
Ainsi, au lieu d'écrire :

Mon oncle me dit que ça ne pouvait plus durer, qu'il avait beaucoup réfléchi, et qu'il était convaincu qu'il avait eu raison d'avoir pris une décision importante.

on écrira :

Mon oncle me dit que ça ne pouvait plus durer, qu'il avait beaucoup réfléchi, et qu'il était convaincu d'avoir pris avec raison une décision importante.

# Prendre la parole pour débattre ou commenter

37

## Les ingrédients

### PRENDRE LA PAROLE POUR LIRE

- Afin qu'une lecture à haute voix soit comprise et appréciée, il convient de lire suffisamment **lentement**, en étant **attentif à la ponctuation**.
- Une virgule ordonne une simple pause, alors qu'un point entraîne une pause plus longue et une intonation descendante. Un point d'exclamation, en revanche, demandera une expression plus marquée, afin de faire apparaître l'émotion de la phrase exclamative.

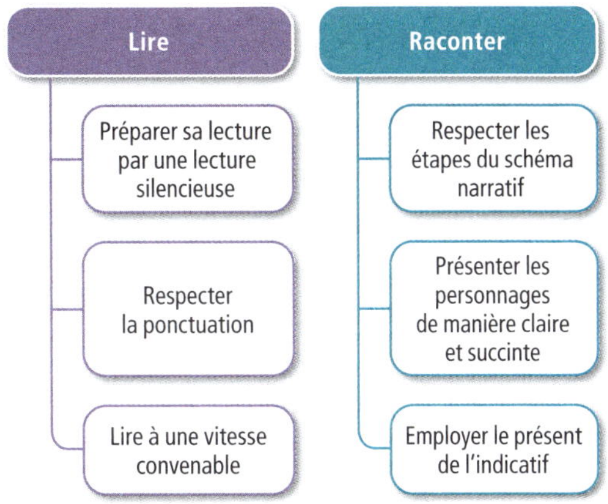


### PRENDRE LA PAROLE POUR RACONTER

Raconter une histoire ou résumer oralement un récit demande de connaître les étapes du **schéma narratif** (la situation initiale, l'élément perturbateur, les péripéties, l'élément de résolution et la situation finale) et de présenter les **personnages**.

### DONNER SON POINT DE VUE

- Donner son point de vue revient à argumenter. Il faut donc, comme à l'écrit, préparer des **arguments valables** accompagnés d'exemples si besoin.
- Il faut également veiller à l'**effet produit sur l'interlocuteur**. Il est donc impératif de rester poli et de parler posément, particulièrement si l'on s'oppose à son propos.

### PRENDRE LA PAROLE POUR ANALYSER UNE IMAGE

- Il est important de posséder un minimum de **vocabulaire technique**. Le **plan** évoque l'effet de profondeur suggéré entre le sujet de l'image et l'œil du spectateur (gros plan, plan moyen, plan d'ensemble).
- Il faut prendre en compte le **point de vue**, c'est-à-dire la position de l'artiste et du spectateur face au sujet.

Pour qu'elle soit efficace, toute prise de parole doit être **préparée** et **structurée** :

1. J'observe
2. Je comprends, je reformule
3. J'analyse

# La recette pour réussir

## SAVOIR FAIRE

**Comment analyser une image**

- Évoquer d'abord les **caractéristiques générales de l'œuvre** (auteur, époque, mouvement culturel, technique utilisée, etc.).
- Puis **décrire précisément l'image**, afin d'en faire surgir l'intérêt.
- Enfin, **interpréter** ces différents éléments pour dégager son sens profond, c'est-à-dire ce que l'on perçoit de ce que l'artiste souhaite exprimer.

## ASTUCE DU CHEF

Dans un débat, n'hésitez pas à avoir recours à la **concession** (→ *voir fiche 14*).
C'est un bon moyen de faire comprendre à l'interlocuteur que l'on prend en compte ses arguments sans pour autant les accepter.

## À VOS FOURNEAUX – EXERCICE COMMENTÉ BREVET

**Décrivez la statue ci-dessous, dite « Diane de Gabies ». Il s'agit d'une sculpture en marbre du Ier siècle après Jésus-Christ, d'après un original de Praxitèle (400-326 av. J.-C.).**

→ **Déterminer les informations générales concernant cette œuvre : auteur, époque, lieu…**

L'original ayant servi de modèle à la *Diane de Gabies* qui se trouve au Louvre est traditionnellement attribué à Praxitèle, sculpteur grec du IVe siècle avant Jésus-Christ.
Cette statue en marbre a été découverte en 1792 par Gavin Hamilton à Gabies, non loin de Rome.

→ **Utiliser le vocabulaire spécifique des vêtements grecs.**

Diane, sculptée grandeur nature, est vêtue d'un chiton court. Elle agrafe son manteau à l'aide d'une fibule.

→ **Décrire précisément la statue en tenant compte des techniques artistiques.**

La statue, gracieuse et représentée en mouvement, tire ainsi son originalité du drapé élégant de son costume, et surtout du *sfumato* (c'est-à-dire l'adoucissement des traits) de sa silhouette aux proportions parfaites.

# EPI « Langues et cultures de l'Antiquité »



## Les ingrédients

Les EPI (enseignements pratiques interdisciplinaires) sont des projets débouchant sur une **création originale** : magazine ou encore événement artistique tel que l'écriture et la mise en scène d'une pièce de théâtre.

### LES MYTHES DANS LA RÉÉCRITURE TRAGIQUE

- L'un des thèmes conseillés, intitulé « Langues et cultures de l'Antiquité », est suffisamment large pour favoriser plusieurs angles d'approche : la réécriture tragique des mythes en est un.
- Ce sujet peut déboucher par exemple sur la mise en scène d'une pièce ou d'une scène de théâtre ou sur la réécriture moderne d'une tragédie antique.
- Le **mythe** est un **récit légendaire**, qui traite d'un **sujet universel**, et dont le sens se **renouvelle** au gré de l'Histoire. Il fait par conséquent l'objet de **nombreuses réécritures**. C'est le cas du mythe d'Antigone, par exemple.

**Exemples de créations en EPI**

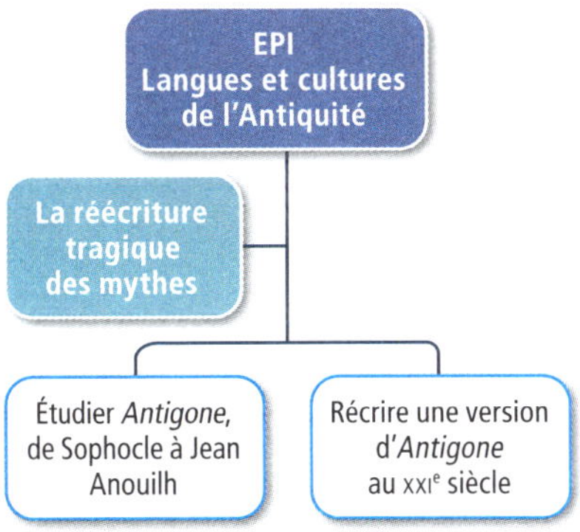


### CE QU'IL FAUT SAVOIR SUR ANTIGONE

- Antigone est la fille d'Œdipe ; malgré l'interdiction du roi Créon, elle enterre son frère. Elle est condamnée à mort pour cet acte.
- Dans la **tragédie de Sophocle**, écrite en 442 avant Jésus-Christ, Antigone ensevelit son frère **au nom des dieux**, déclenchant la fureur de Créon qui, malgré les avertissements, la condamne à mort.
- Dans la version qu'en donne Jean **Anouilh** en 1944, alors que la France est sous occupation allemande, Antigone devient le **symbole de la résistance** contre la tyrannie, quelle qu'elle soit, et il n'est plus question des dieux.

# La recette pour réussir

## SAVOIR FAIRE

### Comment mener à bien le projet en EPI

Pour mener à bien un projet, il faut s'organiser et notamment établir un calendrier jalonné d'étapes.

Pour le projet lié au mythe d'Antigone, on pourra réviser les codes de l'écriture théâtrale et s'inspirer des pièces déjà écrites en lisant attentivement les pièces de Sophocle et de Jean Anouilh.

## ASTUCE DU CHEF

Tenez un **carnet de bord** : n'oubliez pas que vous pourrez être évalué(e) à l'oral, lors de l'épreuve du brevet, sur la réalisation de ce projet.

## À VOS FOURNEAUX – EXERCICE COMMENTÉ BREVET

**Dans ces deux textes, Antigone répond à Créon. Quelle différence portant sur le personnage de Créon ces deux extraits mettent-ils en valeur ?**

| | |
|---|---|
| ANTIGONE<br>Que tardes-tu donc ? tout comme dans tes discours rien ne me plaît, et ne me plaira jamais, je l'espère, ainsi les miens te sont également désagréables. [...] Chacun ici applaudirait à mes paroles, si la crainte ne leur fermait pas la bouche. Mais entre autres heureux privilèges, la tyrannie a encore celui de pouvoir faire et dire ce qui lui plaît.<br>Sophocle, *Antigone*, 442 av. J.-C. | ANTIGONE<br>Non. Je vous fais peur. C'est pour cela que vous essayez de me sauver. [...] Vous êtes trop sensible pour faire un bon tyran, voilà tout. Mais vous allez tout de même me faire mourir tout à l'heure, vous le savez, et c'est pour cela que vous avez peur. C'est laid un homme qui a peur.<br>Jean Anouilh, *Antigone*, 1944. |

→ **Lire attentivement l'extrait de la tragédie de Sophocle en se demandant ce qu'Antigone reproche à Créon.**

Antigone reproche à Créon d'être un « tyran » dont le peuple a peur.

→ **Comparer la réponse aux propos d'Antigone dans le texte d'Anouilh.**

Antigone, dans le texte d'Anouilh, reproche à Créon d'avoir peur d'elle, et d'être trop effrayé de manière générale pour « faire un bon tyran ».

→ **Rédiger la réponse.**

Dans le texte de Sophocle, Antigone reproche à Créon d'être un tyran dont le peuple à peur. Elle déclare : « Chacun ici applaudirait à mes paroles, si la crainte ne leur fermait pas la bouche. » La jeune fille ne s'inclut pas cependant dans le peuple, puisqu'elle ose affronter Créon.

Dans le texte d'Anouilh, Antigone reproche à Créon d'avoir peur d'elle. Elle dit : « Je vous fais peur. » Elle pense également que Créon est « trop sensible pour faire un bon tyran ».